KB063085

우리 땅 나의 노래

*이 책은 한국문학예술저작권협회의 2023 미분배보상금 공모사업에 '한국 시의 도약 - 우리 땅과 시의 영토'라는 주제로 선정돼 발간한 시집입니다.

'한국 시의 도약 – 우리 땅과 시의 영토'

한국시인협회 신작시 122편

우리 땅 나의 노래

김수복 외

개미

| 책머리에 |

울릉도 · 독도를 다녀오며

우리 시인들에게 '섬'은 시의 영토입니다.

우리 영토가 우리나라의 국가 영역이듯이 '섬'과 '바다'는 시인들의 정신과 상상력의 영역입니다. 우리 한국시인협회 회원들의 시의 영토는 바로 한국의 정신과 상상력의 영혼이 숨쉬는 소중한 터전입니다. 영토의 바다와 섬은 우리 시의 정신과 상상력의 인문지리적 이정표라 할 것입니다.

지난 '울릉도 · 독도 학술세미나 및 시낭송'에서 우리는 우리 시의 정신과 영토를 탐색하고 '섬'과 '바다'라는 상상력의 공간을 찾아가는 의미 있는 여정을 함께 하였습니다. 이 탐색의 여정이 우리 시의 영토를 새롭게 탐사하는 작업이었습니다.

시에 깊고 넓게 펼쳐져 있는 '바다'와 '섬'은 우리 시에서 강렬하고 참신한 시의 영토로 확장되고 우뚝 솟아 있습니다. 이 시의 영토에서 우리 시인들은 서로 기쁨과 슬픔이 되고 위안과 평안을 기원하는 아름다운 영주입니다. 시의 주민으로서 '바다'와 '섬'의 인문지리적 영감으로 우리 시를 더욱 빛내고 번성케 하리라 믿습니다.

이 '우리 땅 나의 노래' 시집이 나올 수 있도록 해준 한국문학예술저작권협회에 깊은 감사를 드립니다.

2024년 7월
한국시인협회 회장
김수복 삼가 올림

차례

강영은

법환*

물기를 뚝뚝 흘리며 고무 옷을 벗는
내게 너는 말했다.

기집애, 햇살 꽂힌 물속에서 무얼 했니?

두 뺨을 꼬집으려는 태도로 너는 웃었다.
네 입술이 바다 맨드라미처럼 붉었다.

두 팔 벌린 포구의 품속으로 붉게 빛나는
바다, 격랑 이는 바다가 밀려들었다.

범섬에 부서지는 몰개**가 네 입술 같았다.
일몰의 수평선을 몰고 오는 파도의 언어,

산호 생채기처럼
너와 나는 나부끼는 바다의 입술을 나눠 가졌다.

깊고 오묘한 바다와 입맞춤하는 물고기처럼
마침내, 법환에 다다랐다.

*법환法還: 제주 서귀포 신시가지 남동쪽 해안 일대에 형성되어 있는 해안 마을. 앞바다에 있는 범섬은 산호초 군락지로, 스쿠버 다이빙의 명소로 유명하다.
**몰개: 바닷물이 출렁이는 물결. 파도. 물고개.

강영은 2000년 《미네르바》 등단. 시집 『녹색비단구렁이』 『최초의 그늘』 『너머의 새』 등.

강희근

조선국 기행

— 일두 정여창 선생 고택에서

시대를 거슬러 오르는 여행은
저녁연기처럼 따뜻하다
조선국으로 가는 길은 늘 다니는 국도에 연접해 있다
논밭을 지나
낯익은 농협이 있고, 마을 중심부를 지나면
고택과 시대가 즐비하다
여권도 비자도 없이 너무 쉽게 가닿는 곳에
문명에서 없는 문명이 공룡처럼 누워 있다
골목길에 마중 나와 있는
조선의 햇살이 얼어붙은 빙판을 벗겨내면서
세자의 스승이 살던 집이야 조심하도록
고택 입구의 정려패를 가리킨다
우뚝 서 있는 사랑채의 턱이 높다 사람들 받아들이려는
사람의 마음이 높고
시대는 늘 말라비틀어진 자린고비 같았지만
안채의 뜰은 실로 넉넉했다
마당쇠도 안방마님도 보이지 않지만 그들의 숨소리

조선국의 목소리 법도는
별당 주변이나 석가산 쪽 적막을 즐기며 논다
명필로 남아 있는 忠孝節義, 百世淸風이 세월에 다 바래 있고
조선국의 언어는 아직도 사림파의 순결에 열려 있다
어디까지 견문을 넓혀 나갈 것인가
이 집의 주인은 동방오현이라 하고
동국 18현이라 한다
왕조 오백년의 곡간은 여전히 차 있다
저녁연기 곧 오를 것이다
함양군 지곡면 개평마을, 여행은 이제부터
시작이다

강희근
1965년 《서울신문》 등단. 『프란치스코의 아침』 『파주기행』 등.

고두현

배롱나무 그늘 아래

밥 먹으러 가는데 누가 부르나
배시시 몸 뒤틀며 돌아보는 배롱나무
꽃 피면 백일 가는 백일홍 목백일홍
배기롱 배기롱 배롱 배롱

한여름부터 거기 서서 불렀다고
움찔움찔 간지럽게 배를 꼬는 간지럼나무
다가가 안아 보면 매끄러운 살결마다
배롱 배롱 갸릉 갸릉 고양이 옹알 소리

발목에서 어깨까지 꽃 다 피는 동안
망울져 질 때까지 다시 돋는 흉터들
아침저녁 견디면서 온몸으로 감췄다가
이제야 피우려고 때마다 그리 불렀구나.

오래 피는 꽃만큼 오래 지는 저 소리
혼자 듣는 여름 한낮, 귀 대고 눈 감으니

배롱나무 등줄기로 오래된 얼룩 따라
내 옆구리에 옮겨 핀 얼룩무늬 꽃줄기

학교 들어가기 전 먼저 간 동생 녀석
배냇저고리 반바지처럼
백일맞이 솔방울 모자 얼룩무늬 자국처럼
백일 붉은 꽃술이 그렇게 불렀구나.

고두현 1993년《중앙일보》등단. 시집『늦게 온 소포』『물미해안에서 보내는 편지』등.

곽효환

역곡천*에서

북에서 남으로 다시 남에서 북으로
경계를 넘나들며 흐르는 여름 강을 본다

오랫동안 발길이 닿지 않아서일까
녹슨 철조망 너머로 흐르는 물길 따라
그늘 없는 잡목만 무성하다
꺼병이 여럿 거느린 까투리 종종걸음치고
고라니 한 마리 멈칫하다 후다닥 달아난
고요하고 적막한 인적 끊긴 들녘
바람결에 여름꽃 내음 분분하다

눈 감으니 천렵 소리로 강변이 소란하다

작살 던지고 족대 들이고 투망 던지는
한편에서는 솥을 걸고 불을 피운다
탁족하고 물장구치고 두꺼비집 짓다가
볕 잘 드는 너럭바위 위에

옹기종기 모여 앉은 얼굴이 까만 아이들
젖은 옷가지 말리며 앉아 재잘거리는데
뉘엿뉘엿 여름 해가 기운다

모락모락 밥 짓는 연기 오르면
하나둘 집으로 향하던
마을이 강가 어디쯤 있었을 텐데
이 강물 따라 그 시절로 흘러가고 싶다

*역곡천: 휴전선 비무장지대 내부를 흐르는 임진강의 지류.

곽효환 1996년 《세계일보》 시 발표, 2002년 《시평》 등단. 시집 『인디오 여인』 『소리 없이 울다 간 사람』 등.

구석본

섬의 노래

파도여, 나를 돌려 봐
지구본 돌리듯, 바람개비 돌리듯,
돌려 봐, 뭉개 봐, 무너뜨려 봐,
언제나 처음 그 자리 그곳으로 돌아와
수평선의 배경이 될 거야
소리쳐 봐,
세상 모든 소리를 일시에 깨워 봐,
그럴수록 너 안에서
침묵의 뿌리가 될 거야,

맨살이 터지고 영혼조차 허옇게 부서지도록
때려 봐, 뭉개 봐, 갈겨 봐, 찢어 봐,

파도여

그래도 이 자리, 처음 모습 그대로일 거야,

너, 안에서 비로소
나, 있으니까

구석본 1975년 《시문학》 등단. 시집 『지상의 그리운 섬』 『고독과 오독에 대한 에필로그』 등.

구재기

섭지코지에서

밀려왔다
밀려가는 것이
이 세상 어디 물결뿐이랴
우주 일체로 함께 머물러 있던
내 사랑도, 한순간 속에
만나자고 하고선
다시 떠나고자는 한 생각에
저리도 마구 출렁이고 있지 않은가
새까맣게 타 버린 화산석 사이사이
응어리로 남아
모둠으로 모둠으로
마구잡이 피워대는 샛노란 바위채송화
비 내리고 바람 불고
뿌리 내려 샛노오라니 꽃 피우다가
씨앗을 맺고 나면
한 생애는 다가고
출렁, 출렁이는 물결만이 여전한 것

밀려왔다, 밀려가는
일체처에 두루 존재하는 것은
다만 살아 있다는 것,
그렇게 사랑하고 있다는 것
어떠한 안존에도 머물지 않아
함부로 가질 수 없는 이름하며
살아가야 할 일이 아니겠는가
저렇게 출렁출렁,
출렁거리고 있는 게 아니겠는가

구재기 1978년 《현대시학》 등단. 시집 『모시올 사이로 바람이』 『제일로 작은 그릇』 『겨울나무, 서다』 등.

권달웅

가자미

바다 밑에 납작 엎드려
어둠 속에서 살지요
파도에 짓눌린 등 쪽으로
눈이 몰려 있어요

해저 밑바닥에서 살려면
어둠에 익숙해야 해요
위에서 내려오는 먹이들이
새까만 먼지 같아요

바다는 늘 불안하지요
나에게도 바위에 찰싹 붙을 수 있는
빨판이 있다면
걱정이 없을 텐데요

밑바닥 엎드려 사는 게
나 혼자뿐이겠어요

갖가지 우여곡절 겪어온 것들은
어둠에 익숙하지요

어둠에 길들여지면
눈이 한쪽으로 몰렸다가
모든 걸 보지 못하고
아예 없어진다지요

권달웅 1975년 《심상》 등단. 시집 『염소 똥은 고요하다』 『휘어진 낮달과 낫과 푸른 산등성이』 등.

김경수

바다

무의식 밖에서 울어대는
파도의 포효

겁먹은 하늘은 종일토록
비를 내리고 어두워지는데
누구의 죄일까
이토록 뿌리 깊은 바다의 울음은

무수한 상처의 상흔 위에
쌓이지 않는 모래성
절실한 기도는
완벽한 성을 쌓을 수 있을까

태초 생명의 보고
만물의 젖줄이었던 너
찢기고 오염된 너의 가슴을
청명하게 달래 줄 이는 누구인가?

〉

바다는 밤마다 차가운
의식을 적시고
파도에 허기진 바람은
미친 듯 온 땅을 범람한다

김경수 1980년 《해변문학》 등단. 시집 『서툰 곡선』 『황금달팽이의 모월 모일』 등.

김구슬

회산 백련지

저녁의 고단함이
강줄기를 붉게 물들이고
석양이 돌담 모퉁이에 서성이는
회산 백련지,

가까이 다가가니 연못은
적막하고 황량하다

12월 비 내리는 어느 날,
하얀 연꽃은 흔적도 없이 사라지고
검붉은 옷을 입은 마른 가지들만
얼어붙은 빗방울에 잎을 떨구고 있다

혼돈과 무질서의 진흙과
조화와 질서의 연꽃이 뒤엉켜
만든 고적한 섬 하나,

비어 있는 항아리처럼
섬은,
진흙 속에서 피어날 꽃을 기다리고 있다

그동안
세찬 비바람이
진흙 속 뿌리를 잠 깨우고
침묵의 연못엔 희미한 수군거림 가득하다

신비의 생명이
영산강을 에워싼 안개처럼
꿈틀거린다

김구슬 2009년《시와시학》등단. 시집『잃어버린 골목길』『0도의 사랑』등.

김금용

내 안이 바다였다

하루에도 열두 번 밀물과 썰물이 드나들어
봄꽃 피었다고 친구들이 불러내도
새파랗게 멍이 드는 파도에 치어서
짠 비린내에 토악질하느냐고
내가 잠드는 곳은 모래밭이었다
걷기도 힘든 서걱이는 자갈밭이었다

붉은 대지와 푸른 초원은 바다 건너편이어서
언젠가 저 땅을 밟으리라, 꿈을 꾸지만
내 짠물엔 풀도 나무도 자라지 않았으므로
물고기는 재빠르게 꼬리를 흔들며 달아났으므로
내 주먹은 늘 비었고 불면은 계속되었다

지금도 나는 서걱거리는 모래밭이다
밀물 따라 들어온 조가비에 어린 게들은
내 손이 닿지 않는 모래 속으로 숨고
나는 머물 곳 없는 바다였다

빈털터리 허허로운 모래집이었다

김금용 1997년 《현대시학》 등단. 시집 『물의 시간이 온다』 『넘치는 그늘』 『광화문자콥』 등.

김다솜

그대를 닮고 싶은 풀꽃

호미와 괭이로 콕콕 상처를 줘도
군더더기 한 마디 없는 그대를 사랑하고
둥글고 모난 씨앗 보듬는 그대를 닮고 싶습니다
그대 없이 살 수 없는 꽃밭이자 텃밭에서
풀 뽑는 무념의 시간 번개처럼 지났고
詩의 영토에서 흙장난을 했습니다

벼 모종처럼 자란 풀을 뽑아야
풀들이 살 수 있음을 풀은 알고 있을까요
호박이 수박 될 수 없고 씀바귀가 민들레 될 수 없듯
쇠비름이 비단초 될 수 없는 것처럼 사람도 그렇지요
오직 자신의 할 일만 하는 풀이랑 흙은
변함없는 인연처럼 영원한 동반자

새소리와 꽃바람소리를 들으며
풀을 뽑았던 그 자리 꽃들이 방긋
땀방울 흘린 만큼 빈손으로 보낸 적 없지요

텃밭이며 꽃밭에 내리는 빗물마저 품어 주는 그대
닮으려 또 풀을 뽑고 흙장난을 했습니다
그대 있기에 열매들이 웃습니다

김다솜 2015년 《리토피아》 등단. 시집 『나를 두고 나를 찾다』 『저 우주적 도둑을 잡다』 등.

김밝은

당산나무 한 그루가 무너졌을 뿐인데

뜨거운 바닷바람 탓이었는지
서로의 심장에 생채기를 내고 싶어 안달하던 때가 있었지

먼지마저 붉은 마음으로 날리던,
그곳에선 그림자조차 나를 따라오지 않았다

뒤돌아보지 않고 내달린 황톳길
징하다고 느낀 시간마저 귀한 이야깃거리가 되어갈 즈음

집안의 내력을 끌어안고 꿋꿋하게 버티던
당산나무 한 그루가 무너지자
환해지려던 남쪽이 다시 어두워져 버렸다

언젠가는
옛날과 나란히 앉아
자귀꽃이 피는 것을 바라보며

말갛게 웃어 보고 싶은,

땅이 끝나고 바다가 시작되는
먼— 남쪽

김밝은 2013년 《미네르바》 등단. 시집 『술의 미학』 『자작나무숲에는 우리가 모르는 문이 있다』 등.

김상미

해운대에서

아주 오랜만에 찾아온 고향 바닷가, 해운대에서
너무 오랜만이어서 눈물 나게 그리웠던 파도 소리에
온몸, 온 마음 달달하게 녹아내리는 해운대에서
어디든 치장하고 싶어 안달 난 인간의 손들이
내가 알던 예전 바다, 마성 가득한 그 아름다운 바다에
인공미로 여기저기 세련된 외투 걸쳐 놓았지만
아직도 내게는 소녀 때와 같은 나만의 바닷가 왕국인 해운대에서
시에 눈뜨고, 사랑에 눈떠 에드거 앨런 포의 「애너벨리」를
몇 날 며칠 외워대던 해운대에서
사랑 그 이상의 사랑은 어떤 것이기에 천상의 천사조차 부러워하는 걸까?
내게도 그런 사랑 찾아와 주기를 꿈꾸고, 꿈꾸고, 꿈꾸었던 해운대에서
그 덧없는 염원 탓에 있는 사랑, 없는 사랑 모조리 도둑맞고 돌아와

물기 가득한 눈을 들어 하염없이 바라보는 해운대에서
이제는 그 모든 그림자, 아픈 탄내까지도
세상 경험 풍부한 고향 손길에 맡기고 기대
그 손길 닿는 모든 곳 따뜻해지고 평온해졌으면 기도하는 해운대에서
그 기도 속 남은 삶도 뚜벅뚜벅 걷는 매일의 풍경을 통해
자연스레 우주로, 우주로 이어지는 삶 되었으면
기대면 기댈수록 포근해지고 넉넉해지는 고향 바닷가, 해운대에서

김상미 1990년 《작가세계》 등단. 시집 『모자는 인간을 만든다』 『갈수록 자연이 되어가는 여자』 등.

김성옥

바다 · 사랑

한 번도
폭풍을 만나지 못한 바다는
바다가 아니다.

또한
폭풍을 이겨
다시 고요를 얻지 못하면
바다가 아니다.

그대와의 열정이
활활 불꽃으로 타오른다 해도
다시 그윽한 향기를 얻지 못하면
또한 사랑이 아니다.

김성옥 1989년 《현대시학》 등단. 시집 『그리움의 가속도』 『사람의 가을』 등.

김수복

밍크고래

어머니 구순을 맞았다

한평생 함께 나란히 걸어 보지 못한 길

바다 속 섬으로 솟았다가

산길을 넘어 밍크구름을 따라다닌다

김수복 1975년《한국문학》등단. 시집『외박』『고요공장』『의자의 봄날』등.

김영재

반쪽 땅

회령 땅 건너 보이는
두만강변 밥집에서

꿩고기 푸짐하게
밥상을 받아 놓고

찢겨진
지도를 펼쳐
짚어 보는 반쪽 땅

김영재 1974년《현대시학》등단. 시집『상처에게 말 걸기』『화답』등.

김영찬

쿼들리벳*quodlibet*

나를 낳아 길러준 건 물새 우는 강언덕
충남 연기군 금남면 굴뚝새가
굴뚝 연기에 취하고도 헤룽헤룽 알을 품던
금강 유역의 내판벌 끝자락이었네
나에 살던 고향은
꽃 피는 산골의 꽃 대궐이었지
엄마야 누나야 강변 살자!
큰형은 군대 가고
아버지는 객지로만 항용 떠돌고
저녁마다 참한 노을 곱디곱게 물들던
여기가 거기
셋째 누나마저 시집가 버리고
엄마랑 달랑 둘이서라도 좋아 강변에 살자던
늦둥이조차 떠나고
오, 수잔나여 객쩍은 노래 부르자!
역마살 낀 나는 멀고 먼 앨라배마 벤조를 메고
무얼 찾아 나설까

고개 넘어 또 고개 아득한 곳곳
휘황한 불빛 찬란한 여기서 길을 못 찾고
남의 나라 땅인 듯 주저앉아 버리면
호분증*coprophilia*에 엉덩이 무너질 본적지는
떠밀려가고
건너가지 못할 징검다리만 남겠네

김영찬 2002년 《문학마당》 활동 재개. 시집 『불멸을 힐끗 쳐다보다』 『투투섬에 안 간 이유』 등.

김영탁

한국의 돌

길에서 발에 차여 뒹구는 돌들이거나,
땅속에서 잠자는 돌들이거나
산성이든 옹벽이든 배흘림기둥 아래이든 간에
제 자리를 지키며, 말없이
복무하고 있는 돌들이여

너무나 흔하디흔한 돌들이 눈에
밟혀서 돌올하게 다가오기는커녕
무덤덤한 먼 친척으로 지내왔던 돌들을
까마득히 잊고 있었지만,
곰곰이 생각해 보니
늙지 않은 조상의 조상이었네

눈비에 제 몸이 깎일 때마다
더러는 팔려나가 억지 귀화를 하거나
강제로 부역을 당하거나
징집을 당하여 트럭에 실려 가더라도

침묵으로 응시하며 국토에 복무하고 있는
한국의 돌들이여

김영탁 1998년 《시안》 등단. 시집 『새소리에 몸이 절로 먼 산 보고 인사하네』 『냉장고 여자』 등.

김왕노

소쩍새 울음 나라

소쩍새는 어머니의 대리인
밤새 울음의 날로 쇠고기의 각을 슥슥 뜨듯
소쩍소쩍 어둠을 난도질한다.
공사판에서 지쳐 얻은 내 곤한 잠이 깰까 봐
조심조심 마늘을 다지듯 어둠도 다진다.
고향이 그리워도 못 가는 신세란 노래
눈물과 불러 함흥까지 흘려 보내려던 어머니
세월이 너무 어둑해
천형이듯 실향 후 향수만 뼛골까지 스며들어
골다공증으로 부르던 노래를 소쩍소쩍 부른다.
소쩍새 울음 따라 소쩍소쩍 우는 사람
이 땅에 많다.
베갯잇을 눈물로 적시며
소쩍소쩍 울음에 코 꿰어 소쩍소쩍 우는 사람
한 많은 사람 이 땅에 수두룩하다.
법 없어도 살 사람마저 무슨 일 있었나
잠의 먼발치로 나와 소쩍소쩍 운다.

소쩍소쩍 울음으로

고봉의 쌀밥을 짓듯 하얗게 운다.

김왕노 1992년 《매일신문》 등단. 시집 『백석과 보낸 며칠간』 『도대체 이 안개들이란』 등.

김윤

달뜨는 산

월출산 아랫마을로 시집갔네

산을 처음 본 날
전기에 닿은 듯 놀라서 아득했지
커다란 당산나무를 지나
초록 들판 너머

십 년도 더 지난 어느 해
월출산 가서
산사람들이 능선을 피해 이동하던 숲길
대낮에도 귀신들이 수런거리는
까마득한 벼랑길을 걸었네
서쪽 바다로 가는 새 떼들이
이 길의 내력을 다 아는 거지
아직도 누가
치솟는 울음을 이빨로 참고 있는 거네

암벽에 마애불이 느긋이 앉아
괜찮다 괜찮다고
훤칠하게 웃었지

때로는 비 뿌리고
진설하듯이 들꽃이 핀다고
그믐밤에는 손톱 같은 달이 뜬다고
이 세상
그냥 살면 된다고

김윤 1998년 《현대시학》 등단. 시집 『지붕 위를 걷다』 『전혀 다른 아침』 『기억은 시리고 더듬거린다』 등.

김윤숭

간도는 우리땅

한라산아
너는 한만일의 본향 어마메로다
너를 거쳐 일본식민지로 가고
너를 거쳐 만주 본토로 진출하나니
바이칼호 뷰랴트 비류국이 남하하고
홉스굴호 흘승골성에 부여국을 세우고
한랭하여 남하하던 발길
온난화 시대에 반전 북상하리

금강산아
보고파 일각이 여삼추로다
원생고려국—고려국에 태어나
일견금강산—금강산 한번 보고 싶다
누가 북조선에 태어나
현대판 일견록을 쓰고 싶을까
천하명산도 체제 경쟁은 못 당하네
천하명산 그 명성 그대로 보고 싶다

〉

백두산아

날 부르면 불원천리 달려가리

서파 북파는 다시 가고 싶지 않네

빼앗긴 땅인가 넘겨준 땅인가

간도는 우리땅 다물에 우리땅

장백산도 국내성도 뭐가 문제리

고구려 발해 옛땅에서

떵떵거리며 살고 싶다

김윤숭 2011년 《우리시》 등단. 시집 『지리산문학인 소요유』 등.

김재홍

섬

더는 낮아질 수 없는
모든 높이를 무너뜨린 바다
수평의 절벽 앞에서 섬은
수직의 돌부리가 된다

외로움이라든가
슬픔이라든가
고통이라든가
쟁이고 삭히고 굳혀서
두드리고 때리고 부수어서

물결을 받으며 내어주며
쭈글쭈글한 얼굴 소리치며
혼자라고 하나뿐이라고
차라리 떠나라고

처음부터 섬은

찢어지고 갈라진 시간
죽은 자들의 육신 위에 섰다
새끼손톱보다 작은 별이
날개가 찢어져라 파닥이는 섬

김재홍 2003년《중앙일보》등단. 시집『메히아』『돼지촌의 당당한 돼지가 되어』『기린으로 떠난 사람』.등.

김정인

몽돌로 섰다

그는 태풍의 눈도 질끈 삼켰을 것이다
마침내 여기까지 굴러와 철썩이는 포말에
눈물 글썽이며 반짝였을 것이다

무명가수인 딸 뒷바라지한 아버지는
눈마저 따가운 정화조 청소일이 직업이다
수없이 박힌 까시라기는 삭아
숨 참으며 비운 분뇨와 함께 휘발되고
부서지면 부서지는 대로
오랫동안 구르고 굴러
귀퉁이 다 닳은 몽돌처럼
그렇게 아버지는 세상 파도와 싸웠다
비틀리고 뭉개진다고 한탄하지 않으리
부딪치는 물살을 받아 안으리
숨 쉴 수 있는 딸의 노래가
그저 아름답게 퍼져나가기를

바닷물이 밀려오고 밀려날 때
작은 몽돌의 소리에 귀 기울이면
살점 갈고 간 깊은 울림 들린다
몽돌이 구르며 서로 몸 비비는 화음은
일어나 일어나- 갸륵한 보다듬-
천만번 파도와 부딪혔을 발걸음이
아름다운 노래가 되었다

우리 땅 곳곳 몽돌해변에서 듣는다
아버지의 아버지로부터 버텨온 힘
여울진 핏줄의 소리를

김정인 1999년 《현대시학》 등단. 시집 『오래도록 내 안에서』 『느닷없이 애플파이』 등.

김조민

가장 먼저 산이 된 섬, 독도

처음부터 우리였습니다
언제였을까요
규칙적으로 나아갑니다
끝없는 흔들림이겠으나
원치 않는 방향 또한 없었습니다

바다 한가운데
비로소 눈을 떴을 때
잠깐 생각했습니다
여기 다시 태양이 떠오른다구요
떠밀리지만 않는다면
너울대는 풍경조차
두꺼운 닻이 될 거라구요

가장 먼저 산이 된 섬이었지만
그 오래된 손은 절대 꺾이는 법이 없습니다
어떤 쪽에서도 감히 멈출 순 없을 거예요

〉
누군가의 어깨로 쓴 일기를 깊숙이 안고
오늘도 바로 이곳에서 우리입니다

김조민 2013년 《서정시학》 등단.

김종태

곶

깊숙이 안으려다 아무것도 잡지 못하고 사라져가는 천둥의 빈손 같은 곳, 멀리 날려다 땅바닥에 머리를 처박는 폭풍의 날개 같은 곳, 내륙으로도 원해遠海로도 가지 못하고 경계를 맴도는 모래성 흔적 같은 곶

수평선에서 보이는 육지 끝 전신주에 매달린 물새 한 마리 허공의 소금기를 마시며 금 간 부리를 비비는데, 잡을 수도 놓을 수도 없는 애인들이 뒤엉켜 달빛의 뻘 위에서 먼지를 일으키는 곶

어느덧 가득 차올랐다가 금세 바닥을 드러내는 썰물녘, 낡은 투망 끝을 다 묶지 않은 채 경적 속으로 사라진 포말 같은 속삭임들이 뱃머리를 휘돌다 저절로 입술을 감쳐무는 곶

초월인지 집착인지 모를 해안선에 밤이 와 어수선한 영혼들은 중유中有 속으로 기어들고, 달인지 해인지 모호

한 빛이 안개를 뱉을수록 앳된 얼굴들끼리 후미진 골목마다 허연 담배 연기를 피우는 곳

다리 저는 수캐가 욕정을 곱씹는 듯 컹컹거리며 해안도로를 뜯어 먹는 곳

김종태 1998년 《현대시학》 등단. 시집 『떠나온 것들의 밤길』 『오각의 방』 등.

김지헌

나에겐 꿈이 있다

내가 태어난 땅이면
동서남북 끝점은 밟아보고 싶다는 꿈
어느 해, 백두산 천지를 오르다
장대하게 이 땅 적시는 압록과 두만강을 보며
기왕이면 동서남북 땅끝마다 발자국 남기고 싶었다
두 눈 가득 담고 싶었다

국토의 서북 장산곶 아래 백령의 끝자락 밟고 섰다
황해도 용연반도 구월산 줄기 끝엔
한 번의 날갯짓으로 수십 리를 난다는
장산곶매가 산다더라
사냥 나가기 전 밤새 부리로 자신의 둥지를 부숴
약한 마음 버리고
한 치의 물러섬 없이
목숨 건 사냥에 나섰다는 전설의 새

동해를 달려 만난 국토의 막내 울릉도와 독도

용맹스런 선조들 목숨 바쳐 지켜온 섬
단번에 쉽게 내줄 수 없다는 저 단호함
끝내는 제 가슴 활짝 열어 힘차게 안아 주더라
근육질 자랑하던 의좋은 두 형제

남쪽 끝 마라도에 닿던 순간
낮은 돌담 사이 구불구불 해안선 따라 걷다
운 좋으면 뿔쇠오리를 만날 수도 있고
낮게 엎드린 가슴팍에 안겨 짜장면도 먹을 수 있었다

마지막은 백두대간 마루금
오지 구석구석 순하게 국토 지키던 자연인들
꿈에서라도 대륙을 향해 내달리고 싶어
나는 오늘도 생존 연습 중

김지헌 1997년《현대시학》등단. 시집『배롱나무 사원』『심장을 가졌다』등.

김초혜

무상

누에고치는
제 몸의
이만 배나 되는
비단실을 뽑아낸다

나는 내 몸의
몇 배나 되는
시를
구름에 실려 보냈나

무상이구나

김초혜 1964년 《현대문학》 등단. 『떠돌이별』『사랑굿 1』『어머니』 등.

김추인

글지기 딸의 꽃잠

— Homo prospectus*

이윽고 꽃이 지려고 할 땐
멀리 가지 않아
그냥 엄마가 선 언저리
꽃나무 발치에 떨어져 눕지
행복하지 않겠니?
엄마 그늘 아래서의 긴 잠!

나는 이 땅의 글지기 딸
꿈에 받은 큰 붓을 안고 자모음을 그렸지
내 어미의 어미, 그 할미의 할미가 묻힌 땅
Korea,
이 땅의 바람과 물과 흙이 키워냈지
이 땅의 들녘과 파도와 태풍이 격랑이
담금질했고 내가 되게 했지

다별골 한들 넘어 지리 덕유를 넘어 도읍지에 이르도록. 동해를 날아 잉카를 밟고 남극해에 닿도록. 서해를

건너 튀르키예를 찍고 바람의 발자국을 따라가 나의 적소, 사하라에 안기도록

이 땅의 빨리빨리 DNA가 나를 끌고 부지런히도 다녔지

이윽고 내가 지려고 할 땐
멀리 가지 않아
내 어머니의 발치에 눕지. 기나긴 꽃잠이 될

*호모 프로스펙투스: 전망하는 인간.

김추인 1986년 《현대시학》 등단. 시집 『모든 하루는 낯설다』 『자코메티의 긴 다리들에게』 등.

김향숙

지심地心

통감자를 세 조각으로 잘라 심으면
몇 배를 늘여 동그랗게 키워낸다

식물들은 봄, 여름, 가을을
땅속에 맡겨 놓고 계절을 경영한다

좁쌀만 한 씨를 뿌려도
몇 다발의 꽃을 피워내고
폭우와 폭풍, 폭염 속에서도
고요히 웃는다

분별과 구별쯤은 과히 선생의 반열이다
끊임없이 연대를 차곡차곡 지층에 간직한 땅
그 많은 것들을 품고도 내면을 드러내지 않는다

어떤 무게도 마다하지 않는 땅의 방식
작은 모래 알갱이부터

큰 바위까지 올려놓아도 밀어내지 않는다

어제 떨어진 빗방울도
많은 흙을 조금씩 아껴먹는 지렁이도
사람이 죽어서 돌아간 곳도 땅이다
꿈틀, 깨어나는 꽃씨도

땅이다

흙은 우주에서 가장 오래된
자궁이다

김향숙 2016년《계간문예》, 2019년《경남신문》신춘문예 등단. 시집 『질문을 닦다』 등.

김형술

진해鎭海

바닷가에서 태어났으나 나는 바다를 보지 못했다. 집이었고 누이였으며 어릴 적 집을 떠난 아버지였던 그곳은 내게 바다가 아니었다. 야트막한 산 위에 올라가 마을 너머를 건너다보며 꿈꾸고 또 꿈꾸다가 나는 집을 떠났다. 처음부터 거기 없었던 아이, 처음부터 무언가를 잃어버린 아이처럼

길을 벗어나 밤을 새워 산을 넘고
낯선 마을과 들판을 지나치고 건너
바다를 찾아 헤매 다녔다

당나귀를 만나
외줄을 타고 계곡을 건너 비행기
코끼리를 싣고 가는 케이블카, 마차
천사의 날개를 닮은 열기구에 매달려
허공을 걷고 또 걸어

거기, 바다가 있다는 곳으로
허겁지겁 달려갔지만
언제나 나보다 한 발 먼저 떠나 버리는
바다를 만날 수는 없었다

얼굴을 보여주지도 정체를 들키지도 않은 채 눈 뜨기 힘들게 쏟아지는 햇빛 너머 숨고 깊숙한 인간의 마을로 사라져 행 · 방 · 불 · 명. 사람의 시간이 닿을 수 없는 곳으로만 달아나던 그 바다

끝내 만나지 못하고 늙고 병든 후에야 나는 집으로 돌아왔다. 이곳이 진짜 바다였다고 여전히 사람들은 노래했지만 아버지는 여전히 돌아오지 않았고 어머니는 누이를 데리고 이미 오래 전에 바다를 건넜다며 모두들 비웃었지만

여전히 등을 떠미는 푸른 힘

주체하지 못해

낡은 가방을 꿰매고 얇은 옷을 챙기고
무거운 거울과 나침반을 버려 가벼워진 짐으로
집을 나설 수밖에 없었다.

다시

길도 집도 무덤도 아닌 곳

흔들릴지언정 메워지지 않고
어떤 힘으로도 진압되지 않는 바다를 찾아
세상 모든 누군가들이 이미 앞서 걷고 있는

그 길을 따라 터벅터벅

김형술 1992년 《현대문학》 등단. 시집 『무기와 악기』 『사이키, 사이키델릭』 등.

김후란

독도獨島는 깨어 있다

영원한 아침이여
푸른 바다여
몇억 광년 달려온 빛의 날개가
어둠을 밀어내는 크나큰 힘이 되고
빛을 영접하는 손길이
미래의 문을 연다

시간의 물살이 파도치는
동해 짙푸른 물결
독도의 돌, 나무, 풀 한 포기도
어둠 속에 결코 잠들지 않았다
독도는 깨어 있다
우리나라 수문장이라 외치고 있다

아득한 천년 전 신라 때에도
동해 바다 독도는 우리 땅이었다
마음이 넉넉한 겨레의 초연한 의지로

아름답게 당당하게
거센 바람 회오리치는 파도를 딛고
울릉도와 더불어
내 나라 지켜왔다

저 백두산에서 제주 한라산까지
한 흐름으로 내닫는
내 나라 맥이 용솟음친다

우리는 독도에 등대를 세우고
불 밝혀 난파선을 돌보았다
한류와 난류가 교차하는 이 수역水域에
모든 물고기 몰려들고
바닷새가 정다이 인사한다
그 어느 때도 우리는 문패를 바꾸지 않았다

역사는 정직하다

누가 기웃대는가
역사는 증언한다
누가 거역하는가
어리석은 탐욕의 노를 꺾으리
진노하여 바람도 일어서리라

독도, 예리한 눈빛 청청히
오늘도 내 나라 지키는 불사조여
소중한 이 땅 지키는 사람들이여
또다시 천년 세월
영원으로 이어지게
겨레의 자존으로 지켜가리라
겨레의 영혼으로 지켜가리라

김후란 1960년 《현대문학》 등단. 시집 『시인의 가슴에 심은 나무는』 『비밀의 숲』 등.

나태주

서귀포에서

집 나간 사람
집 잘 찾아오라고
저무는 저녁 바다
저녁노을 한 자락
걸어 놓고

그리운 사람
맘껏 그리워하라고
저무는 저녁 하늘
노을 뒤에 조각달도 하나
슬며시 띄워 놓았단다

멀리멀리
아주 멀리 나 혼자
여기는 제주도
남쪽 바다 서귀포에서.

나태주 1971년 《서울신문》 등단. 시집 『대숲 아래서』 『그래, 네 생각만 할게』 등.

동시영

몽상을 흐르는 바다

복화술復話術하는
감자꽃 부추꽃,
어깨에 바람을 얹고 있다

섬의 외곽이 진주목걸이도랑을 걸었고

바다 향기가 소금꽃 브로치를 달았다

바닷가 길들은 섬을 따라다니는 누이

삶을 그리는 붓 같고 연필 같다

사람과 사람 사이로 길이 흘러들고

미소의 막내 딸,
달이,
부끄럼 위에 고운 몸짓 놓아 본다

〉

바닷가의 어제가
지금 속에 들어가 파도치고
시간의 무늬가 황홀을 짜고 있다

시간은 영원의 처녀
누구와도 사랑하지 않고
누구와도 결혼하지 않는다

동시영 2003년 《다층》 등단. 시집 『마법의 문자』『수평선은 물에 젖지 않는다』 등.

문설

절벽 아래에는 바다가 있다

세상 끝에서,
수직으로 마주 선 시간이 빠르게
손가락 사이로 달아난다 해풍의 절벽 위에서
불끈 주먹을 쥐자 엄지의 관절이 삐걱거린다
툭 불거진 감정을 심중에 감추어도 바다는
수평을 펼쳐 눈을 가두지 않는다

시작과 끝이 공존하는 희고 둥근 전망대와 벌판을 가득 채운 꽃들과 거인이 튀어나올 듯한 키 작은 선인장 정원과 힘겹게 언덕을 기어 올라온 파도 소리와 경계하듯 희미한 해무와 눈 감으면 사라져 버릴 듯한 층층나무와 소나무의 시간과 그리고

운명의 자국 같은
땅끝탑

바다를 열어 길이 끝나는 이곳에서

쉽게 멈추지 않는 발자국이 서남해의 파랑을 일렁인다
어디선가, 커피향이 바스락거린다
예까지 끌고 온 기억이 파랗게 떨린다

무화과를 먹다가 그만 눈이 스스로 감긴다
과즙처럼 삐죽이 흘러나온 침을 손등으로 닦는다

까마득한 절벽 아래에는 사나운 바다가 있다

끝이어서 시작인 땅끝마을*에서
오래 쥐고 있던 주먹을 활짝 펼쳐 본다
언제 출항했는지 요트 한 척이 수평선을 넘고 있다
내가 몰랐던 길들이 열렸다 닫히고 있다

*땅끝마을: 전남 해남군 송지면 송호리에 있는 한반도의 최남단.

문설 2017년 《시와경계》 등단. 시집 『어쿠스틱 기타』 등.

문정영

헝거스톤

당신이 보여준 것이 우리 사이 흐르던 물의 바닥이었던가요

깊이 모르고 가라앉은 슬픔의 수위도 까닭이 있었겠지요

'내가 보이면 울어라'고 새겨진 돌들을 당신 가슴에 묻은 것은

1616년 독일과 체코 사이를 흐르는 엘베강에서 시작되었지요

내가 만든 폭염이 서로를 갈라놓은 것도 모르고 지독한 집착했네요

지금의 불안을 불안해하지 않아도 될까요!

이 지상에서 人類가 사라진다면 싸움의 궁리도 다 헛

것일 테니까요

저 물의 씨앗들 마르며 지상의 꽃들 사라지네요

사랑이 끝나면 그 씨앗도 소멸할 것인데, 우리 사이 흐르는 물이 없네요

당신이 흘린 눈물까지 눈에서 사라진다면, 이 땅의 초록들

무슨 소용 있을까요, 지금 내가 멈추어야 할 것들이 무엇인가요!

숨쉬기 힘든 고통 잘 견디면 이별을 기다림으로 읽을 수는 있을까요

문정영 1997년《월간문학》등단. 시집『꽃들의 이별법』『두 번째 농담』등.

문정희

진주의 진주

자정 직전에
다보탑만 한 케이크가 내 앞에 배달되었다

어느 해 생일
진주에 진주처럼 박혀 사는 시인이
하필 생일인 줄도 잊은 채
진주에 간 내 앞에 가져온 축하 케이크
진주 시내 베이커리 다 돌아도
그날 생일 케이크 다 팔리고 없어
예식장 쇼윈도에 장식된 케이크를
떠메고 남강 바위까지 왔다

강물 아래 달
달 아래 강물
진주 박힌 푸른 물결
바위 위에 촛불 흔들리는
서른 몇 개… 시인들이 불러준 축가

강물 휘돌아갈 때
떠돌이 숨결로 후후 불었던
한 생애 영롱한 진주의 진주

문정희 1969년 《월간문학》 등단. 시집 『남자를 위하여』 『다산의 처녀』 등.

문현미

그 섬이 있다

무장무장 푸르름이 우거져 있다

하늘빛 비단을 통째로 품고 있는
절해고도

설백의 눈망울에서 빨간 꽃별이 스러져도
갈옷과 삼베옷 입을 일이 드문
서리나 얼음 어는 일 쉬이 보기 힘든

아무 때나 다가갈 수 없고
한 번쯤 정녕 마음의 빗장을 풀고 싶은
그곳은

코끝을 알싸하게 찌르는 홍어와 걸쭉한 막걸리로
길손의 발길을 홍겹게 묶어 두는
그곳은

아득한 그 옛날
살아서 돌아갈 수 없는 형벌의 땅이었지만
지금은 안개와 파도와 섬사람들이 혈족인 듯
그리운 낭만의 청정국토

하늘과 땅 사이에
그 섬이 있다

밤이면 별들이 은빛 자맥질을 하는
슬프도록 맑은 순결의 섬이 있다, 흑산도

문현미 1998년《시와시학》등단. 시집『몇 방울의 찬란』등.

문혜연

수성못

호수에도 파도가 일까요?
텅 빈 오리배들 흔들리는데

둥근 길을 따라 걷다 보면 시작을 잊고 끝을 잃고
가까워졌다 멀어지는 겨울 갈대들 사이
색을 잃어버린
둥지섬

살아 있는 새는 모두 사라진
하얗게 새어버린 둥지에서 연이 날아오릅니다
새의 얼굴을 하고

계절마다 떠났지만
항상 돌아오는

물을 지나며 차가워진 바람 속
높아졌다 낮아지는

연과 배

오래 고인 물도 뒤척일 때는
시간을 잊을까요?

푸른 밤
호수가 찰랑입니다

빈 둥지섬 지나
호수 바깥을 꿈꾸며
물을 건너는 바람으로

문혜연 2019년 《조선일보》 신춘문예 당선.

문효치

바다 통신

참고 참다가 한 말
아프다

누구도 어루만져 주지 않는
이 아픔

신열로 뜨거운
노을 한 보시기 지나간다

그것은 앓고 있는
그리움

먼 먼
그리움의 끝자리
무심히 앉아 계시는
신神

비탈을 부여잡고 있는 나무들이
각혈을 한다

그분이 내던져 버린
바다
눈물의 커다란 덩어리

문효치 1966년 《한국일보》《서울신문》 등단. 시집 『계백의 칼』 『어이할까』 『바위 가라사대』 등.

박덕규

돌에 앉아

돌에 앉아
엉덩이가 딱딱해진 적이 있다.
온몸이 돌처럼 굳어졌다.
등허리에 진 그늘 속으로
이끼가 올라온 적이 있다.
돌에 앉은 채
쏟아지는 햇살을 받고
정수리가 터진 적이 있다.

돌에 앉아
먼 데서 온 행색으로 지나는 사람들이
두런두런 나누는 말소리를 들은 적이 있다.
그 소리에 귀가 열려 따라간 적이 있다.
아득한 공중에서 내려오는
별똥별을 만난 적이 있다.
돌에 앉아
꽃에 에워싸여 죽어 버린 적이 있다.

박덕규 1980년 《시운동》 등단. 시집 『아름다운 사냥』 『골목을 나는 나비』 『날 두고 가라』 등.

박무웅

독도

독도는 이 땅의
가장 동쪽에 있는 섬이다
아니, 국토의 피붙이다

동쪽을 열고 들어오는 것들에겐
여는 문이요 동쪽으로 나가는 것들에겐
닫고 나가는 문이다
마치 유리병의 뚜껑처럼
캄캄한 밤하늘을 여닫는 달처럼
독도는 이 땅을 여닫는 마개 같은 것이다

그런 독도를 빼앗긴다는 것은
아침을 빼앗기는 것이요
여닫는 문을 빼앗기는 것이다

근처 어디쯤, 거대한 원유 덩어리가
꿈틀거리며 숨어 있고

초계哨戒의 질문이 굳건하다

독도는 멀리 떨어져 있는
홀로 외로운 섬이 아니다
물밑에 뿌리를 두지 않은 땅은 없다
그러므로 독도는
한반도의 튼튼한 뿌리다

박무웅 1995년《심상》등단. 시집『패스 브레이킹』등.

박미산

다음 페이지

바다를 건넌다 우리가 읽었던 만화책에서 꽃 터지는 소리가 노랗게 춤추듯 떠돈다 다음 페이지를 넘기는데 서툰 꽃봉오리들

일호 해변을 뛰어가는 조랑말들, 완강했던 허벅지들이 흐물흐물하다 파도가 느릿느릿 등을 넘어간다

모래가 패일 때마다 기억들이 솟구친다 쌓고 또 쌓은 시간이 소복해진다 개헤엄 치던 아이들 등 뒤로 노을이 진다

돌아보지 마라! 낯선 곳에서 낯선 시간이 온다 어둠이 와도 꽃들의 시간을 막을 수 없으니 낯선 시간이 아니다

한 갑자 지나간 시간을 생각할 때마다
스스럼없이 꽃들이 지나갔다는 것,
빗속에서도 시끌벅적 꽃들이 터진다는 것,

기억이 파도를 타며 솟구친다는 것,
망아지가 뒷발로 차지 않고 꽃들을 감싼다는 것,
이곳에서 다음 페이지를 침 발라 넘길 수 있다는 것,
때문에
안심이 되었다

박미산 2006년 《유심》, 2008년 《세계일보》 등단. 시집 『루낭의 지도』 『흰 당나귀를 만나 보셨나요』 등.

박상천

엄마섬 아기섬

남해 여수 앞바다에는
엄마가 아기를 붙들고 있는 것처럼 보이는
아주 조그만 무인도 두 개가 있다.
엄마섬 아기섬.
국민학교 시절, 운동장에 서면
가까이엔 오동도가 보이고
그 너머 조금 더 먼 곳에 그 섬이 보였다.

엄마가 아이를 업고
바닷가 바위에 갯것 주우러 갔다가
그만 파도에 휩쓸려
먼바다로 떠내려가 섬이 되었다는
엄마섬 아기섬.
섬이 되어서도 아이를 놓치지 않으려 꼭 붙들고 있는
엄마의 간절한 아픔이 있는 섬.

그 섬엔 전설만큼 아픈 현실이 있다는 것이 밝혀진 건

그로부터 50년쯤 흐른 후였다.
6 · 25 전쟁이 일어나자
보도연맹에 가입된 백여 명의 양민이 끌려가
총살당한 후 수장된 곳이라는 것.
왜 하필이면 엄마와 아기의 가슴 에이는 전설이 있는
그 섬이어야 했을까.
오늘도 엄마섬 아기섬은 전설과 현실의 아픔이 뒤섞인
거친 파도를 맞으며 견디고 서 있다.

박상천 1980년 《현대문학》 등단. 시집 『사랑을 찾기까지』 『그녀를 그리다』 등.

박소원

라일락나무 밑에

저 멀리 라일락나무 밑에
수백 통의 편지를 묻으러 간다
절벽이 끝인, 인적이 드문
이 길의 내력을 나는 잘 알고 있다
오직 한 방향으로만 걸어야 하는
갓길,
편지는 험지도 암벽도 의지하지 않고
홀로, 내게 이르렀을 것이다
초록풀들 이슬을 털고 잠깨는 시간
새벽길에 조심스럽게 들어서면
어둑한 빛이 벌떼처럼 몰려온다
풀물이 잔뜩 밴 흰 운동화를 신고
잠시, 내게 머문 시간들
꽃향기 진한 먼 땅에 묻으러 간다

박소원 2004년 《문학 · 선》 등단. 시집 『취화호수에서 노래하다』 『즐거운 장례』 등.

박수빈

바람의 절벽

주상절리 동굴에 푸른 겹치마 펼친다
부르튼 발목이 드러났다가 사라진다
하얗게 터진 입술
같이 가자며 솔기에 쓸리는 자락의 소금기
돌멩이 둥글어지는 저 부딪는 소리

대풍감待風坎 향나무들은 꿋꿋하다
횃불처럼 휘날리는 저 모습
결기로 배를 만들고 띄웠을 것이다
바람은 절벽의 벗인가

자연은 유연할 때 있고 굳셀 때 있다
적당한 조절에 대해 돌아본다
흘러가는 것들
내게 비구름이 몰려온다

뒹구는 잎처럼 행남 산책로를 걷는다

바다는 어금니를 깨물고
울렁이는 내 안의 접안

박수빈 2004년 시집 『달콤한 독』 발간 등단. 시집 『청동울음』 『비록 구름의 시간』 등.

박완호

진천

초평은 코앞, 백곡까지는 조금 더 돌아가야 한다
눈 맑은 저수지를 끼고
돌다리 스치는 물소리 밟으며
초야처럼 짙어가는 봄 들판을 가로질러야 한다

지난 길을 되짚으며 가는 물살들,
걸어온 길마다 엉성하게 찍힌
발자국을 헤아리다 울고 웃는

울 누나 이름 같은 미호천 물줄기가
둑길 아래 수멍을 빠져나올 때면
아흔아홉 마디 한끝 남은 설움인 듯
막무가내로 차오는 백곡의

시리도록 푸르러지는 초록의 넋과
가난으로 반짝거리는 물살의 기억

어미 아비도 없이 홀로
물길 따라 떠돌다 가는
어리디어린 발소리들

백곡 저수지 지나 초평 저수지까지는
발소리 넘실대는 귀를 비워가며
두근두근, 천천히 다가가야 한다

박완호 1991년 《동서문학》 등단. 시집 『누군가 나를 검은 토마토라고 불렀다』 『물의 낯에 지문을 새기다』 등.

박용재

희희낙락

강릉 선자령 산들꽃 보러 갔다가
서울 집에 도착하니 내가 없더라

나는 아직도 금수강산 손잡고
희희낙락 봄꽃과 놀고 있나 보다

박용재 1984년 《심상》 등단. 시집 『신의 정원에서』 『그 꽃의 이름은 묻지 않았네』 등.

박재화

안면도, 그곳

속리산에서 나고 식장산에서 자란
열네 살 소년이 처음으로 찾은 외지外地
종일 버스를 달리고도 발동선으로 겨우 닿은 곳
미래의 동량이니 야망을 가지라며
각처의 인재들을 훈련했던 곳
훈련보다는 난생처음 보는
방게 해당화 갈매기 통통배와 끝없는 파도가 눈부셨지
그 뒤로도 예순 해를 함께 견딘 파도들……

야망은 몰라도 작은 뜻을 안고 두드린 직장이나
푸른 깃발 한 번 들지 못하고 흘러온
생은 늘 간당간당하여서
막히고 흔들릴 때마다 찾은 곳
백사장에서 영목까지
논틀길 푸서릿길 헤쳐 벼룻길에서
썰물의 해넘이에 은결 든 가슴을 실어 보냈지
딱 한 번만 생모의 품에 안기고 싶던 때에도

영목에서 백사장까지 곰솔 그늘을 찾아들었지

무정하고 던적스런 세상
답을 구하려 들 때마다
그러께 나문재 곁에 자리잡은 그분처럼
안면도는 가만히 등 두드려 주었지
곶이었다 섬이 되고 다시 뭍으로 이어진 땅
답이 없는 세계의 답을 구하기보다
긴 물음을 지니라고 나직이 일러 주었지

박재화 1984년 《현대문학》 2회 추천 완료 등단. 시집 『도시의 말』 『비밀번호를 잊다』 등.

박종국

허수아비

죽을 능력조차 상실했다는 듯이 서 있는
허수아비는 허수아비 속에 없다

살아야 할
들판에서도 인정받지 못하는, 텃새인 참새, 까치, 굴뚝새까지 무시하는
우스꽝스러움을 드러내는, 사실 속에 있다

나를 기만하는 것들이 나를 지켜준다는 것도 모르고
삶으로부터 밖으로 나와야 한다고, 사람들은 창문을 열고 하늘을 바라며

가시 바깥을 생각하고, 확실하지 않은 것을 생각하는 꿈속을 헤고 헤매는
자꾸만 어둠의 불안 속으로 사라지는, 꿈을 끄집어내려고 안간힘을 쓴다.

표류하고 있다
갈 길을 몰라 하는 꼴이 달리는 차간에서 자리를 잡지 못해 허둥대는
노파 같다는

그 사실 속에서 사람은 살고 죽는다는 것을 말을 넘어서 말하는 허수아비의 말을
오늘은 들어야겠다 싶다.

박종국 1997년 《현대시학》 등단. 시집 『집으로 가는 길』 『하염없이 붉은 말』 『무한 앞에서』 등.

박찬선

바다가 살아 있네

남해 바다에 갔었네.
정다운 이름 상주면이 있는 곳
논밭에는 푸른 물감을 뿌려 놓은 듯
겨울 시금치와 마늘 싹이 물살을 이루고
공원의 아주 작은 야자나무가 몸을 숨기고 있네.

물드는 산 위로 햇살이 오르면
남실거리는 은빛 건반에선
뭍사람을 반기는 바다의 시를 읊조려 주네.
서 있으면서도 눈을 감게 하는
부드러운 화음

낙동강의 바람 소리 같은
낙동강의 어느 한 자락이 떠내려와서 펼치는 율동
보이지 않는 깊이에서 튀어 오르는
경쟁하듯 치솟아 오르는 생명의 환희
밀려오는 춤사위에 흠뻑 젖었네.

〉
바다가 살아 있네.

박찬선 1976년 《현대시학》 등단. 시집 『상주』 『길은 발자국을 남기지 않는다』 『물의 집』 등.

박호은

비양도飛揚島

— 애기 업은 돌

비양도는 참 울기 좋은 곳이다

울음 속
소리와 물기를 다 쏟아내고
한곳만이 마음이라는 기다림의 무량無量
물결로 흩어진 사람을 향해
돌이 된 여인을 본다

등에 업혀 덩달아 울다 소금처럼 말라붙은 애기
천 년의 그리움이 새까맣게 태워 버린 부아석負兒石
저 여인 뒤에 서면 나는 눈물이 된다

그리운 이를 향한 까만 눈빛이 내 어머니 같아서
등에 업힌 저 아이가 나 같아서
대숲을 내려오는 바람 소리가
울지 마 울지 마 하는 거 같아서 눈물이 난다

떠난 자는 있어도 죽은 자는 없는 섬

혹여나
물결이 된 이의 숨비소리 들릴까 기울이던
그리움의 시간이 피워낸 순비기꽃,
그 보랏빛 꽃그늘에 짠 울음소리 흥건하다

저 꽃과 여인의 눈물이 고여 못이 된 펄랑호엔
밤마다 천 년 전 별들이 날아온다
그 별은 울어 본 사람들 눈에만 보인다고 했다

울고 싶을 땐 비양도에 가라
그곳에 가면 솟아오른 그리움이 있다
울음이 환한 순비기 꽃밭 너머

박호은 2016년 《미네르바》 등단.

방민호

독도를 노래함

1.

나는
둘이 아니라
하나

소랏빛
물결 아래
깊은 바다에
뿌리 내린

아흔한 개
섬들도
본디 모두
하나

2.

봄여름가을겨울
섬기린섬장대섬초롱섬괴불
바다제비슴새참새팽이갈매기
파랑돔미역치일곱줄얼개비늘주홍감펭
봄여름가을겨울
내가 품어 기르는 아이들아

3.

그리고
내가 잃어버린
귀여운 아이야
남의 호롱불이 되고 모자챙도 되어 버린
내 슬픈 아이야

4.

뭘까
이 바람은
다시 멀리 멀리서 불어와
흔들릴 수 없는 나를
비껴 흩어지는
이 바람은

5.

(너도
나처럼
늘 외로웠겠지)

(너도
나처럼

나라를 모르고
생겨났겠지)

(너도
나처럼
피가 다른 사람을
올려준 적 있겠지)

(너도
나처럼
묻힐 때 있겠지
집채같은 물결에나
터져오르는 불꽃에나)

(너도
나처럼
잊혀질 날

있겠지)

6.

사랑해
너와 나는
본디
하나

나는
너를
어느 때든
잊지 않으련다

내가
죽고

네가
살도록

그렇게
너와 나
헤어져
다시 만나도록

방민호 2001년 《현대시》 등단. 시집 『숨은 벽』 『내 고통은 바닷속 한방울의 공기도 되지 못했네』 『나는 당신이 하고 싶은 말을 하고』 등.

방지원

훨훨 날리라

며칠 아프고 나서 보는 신록은
어쩜 이렇게 싱그럽고 감사한가

꽃과 나무 새들의 노래
다정한 햇볕과 녹색 바람
맨발로 마주르카 스텝이라도 밟아 볼까

아름다운 대지 나의 하늘
지금쯤 설악과 동해의 모습은 또 얼마나 눈부시려나

생각해 보면
맘먹기 어려워 자유롭지 못한 때가 많았지
길 위에 스스로 갇혀 서성이던 숱한 시간들

짠한 슬픔 같은 자유를 부둥켜안아 보네
가득한 자유가 오히려 부자유한 날
먼 길 떠난 이들 저릿저릿 생각나

푸르고 높은 하늘을 오래도록 보네

이팝나무꽃 어느 틈에 이울고
사정없이 베어낸 길옆 나뭇가지엔 새잎이 무성하네
훨훨 날고 싶은 마음 잔뜩 드는 날이네.

방지원 1999년《문예한국》등단. 시집『왼쪽 귀에 바닷소리가 산다』등.

서경온

고향의 물

— 의림지義林池

굽이쳐 흐르는 강물 아니고
몰려갔다 몰려오는 파도 아니고
골짜기 내리닫는 계곡물
벼랑을 만나 곤두박질하는
폭포수도 아닌
내 고향의 물은
아득한 옛날이 거대한 가두리에 담겨
전설처럼 남아 있는 인공저수지
어릴 때는 두렵기도 했던
수심 모를 검푸른 물빛
천 년의 이야기 수천만의 낱말들
다 삼키고 침묵하다가
이제는 백지의 막막함 거두며
저무는 마음, 눈길 가는 곳
송림 에워싼 바람결에
우륵이 타는 가야금 소리
해질녘 울음 삼킨 물결 위에 반짝인다.

서경온 1980년 《현대시학》 등단. 시집 『흰 꽃도 푸르다』 『하늘의 물감』 등.

서대선

소릿길을 찾아서

떨어지는 폭포 앞에서
말안장을 얹어 보네
말아, 말아, 내 말아
뛰어오르렴
저 폭포의 시작,
유유히 흘러온 물이
폭포로 바뀌어
천둥번개의 낙차를 거느리듯
목울대 피막을 터뜨려 득음에 이르듯
國唱이 되듯

말아, 말아 뛰어라
뛰어올라라
까마득 저 폭포를,
저 폭포의 낙차가 토해 내는 함성을 뚫고
말아, 내 말아
내 목울대를 솟구쳐 오르는

피 묻은 말아,
까마득 폭포를 이기며
솟구친 말아.

서대선 2013년《시와시학》등단. 시집『천 년 후에 읽고 싶은 편지』『레이스 짜는 여자』『빙하는 왜 푸른가』등.

서영택

우리 땅 독도

새벽 5시 출항한 군 행정선
잠이 덜 깬 눈꺼풀을 맞바람이 깨운다

태초의 바다가 이랬을까
너무 장엄해서 두려운 검푸른 파도!
삶도 때론 이렇게 흔들린다

바닷속엔 모르는 무서운 것이 사는 것 같다 배가 기울어질 때마다 지난날들이 떠오른다 난간을 잡은 손에 힘을 주고 발끝에도 힘을 준다 거대한 자연 앞에서 인간은 늘 작아진다

바다 끝에서 태양이 올라오고
사람들은 핸드폰에 붉은 마음을 담는다

척박한 바위산에 씩씩하게 자라는 풀들
바람이 서성일 때마다 손을 흔들고

우리도 그리워서 뒤돌아보고 또 돌아본다

독도는 풍화작용도 하지 않나 수많은 세월 동안
어떻게 칼처럼 뾰족한 형태를 유지할 수 있을까
계단 난간에 한 마리씩 앉은 갈매기가
신기한 듯 이방인을 쳐다본다

韓國領이라고 쓴 바위 흰 글씨 위에
뱃고동 소리가 시원하게 부서진다

서영택 2011년 《시산맥》 등단. 시집 『현동 381번지』 『돌 속의 울음』 등.

신달자

땅

땅은 하늘과 맞장 뜬다

땅과 하늘 사이에 사람이 산다

땅 아래는 우주 인류보다 더 많은 영혼이 산다

땅을 위한 땅이 땅을 위한 영혼들의 일하는 소리가

땅속에서는 들린다 땅은 쉼을 모른다

그 쉬임 없는 숨소리가 땅 위에 푸르른 생명의 나무들을 키운다

세상에서 제일로 큰 허파를 가진 너는

땅은 둥그스름해서 끝이 없지만

땅은 땅으로 연결되어 시작도 끝도 없지만

발바닥으로 딛고 다니지만

이 지상에서 가장 높은 곳

우주의 뇌가 거기 있으므로

흙 한 알에게 들리는 숨소리

생명의 찬란한 힘이 땅에는 파도치고 있다

토지는 전 우주인의 밥상

대지는 전 우주인의 정원

땅은 전 우주인의 생명

〉

땅은 멈춘 생명을 받고

출발하는 생명을 키운다

신달자 1964년 《여상》, 1972년 《현대문학》 추천 완료 등단. 시집 『봉헌문자』 『종이』 『북촌』 등.

신미균

신동읍 예미리

산과 마을과 역의 이름이 같은 이곳에
가파르게 철로가 기어오른다.
가파른 철로의 종아리에
구름을 둘둘 말아 걸쳐 놓는다.

구름 속에서 파도 소리가 난다.
가파른 삶이 진저리난다고 떠난 당신은
보이지 않지만
당신이 모락모락 피어난다.

파도 소리 점점 가빠지며
구름을 뚫고
가슴으로 쏟아져 내린다.
느릿느릿 기어오르던 철로가
고개를 들고 나를 한참 구경한다.

당신, 이라는 철로는 아직 나를

빠져나가지 못했나 보다.

그림자도 없는 당신을 찾아
하염없이 서성이는 나에게
붉은 사루비아
하늘 가득 흘러넘친다.

신미균 1996년 《현대시》 등단. 시집 『맨홀과 토마토케첩』 『길다란 목을 가진 저녁』 등.

신병은

여수麗水

노루귀 같기도 한 것이
스무 살의 그리움 같기도 한 것이
봄의 속력으로
귀를 쫑긋 세우죠

새가 날아오르고
하늘 저편으로 가던 맨발의 바람이
먼저 들러 안부를 묻기도 하죠
한나절을 더 기다린
반가부좌상의 앞바다는
반공일 오후의 눈길로 길을 묻죠

혼자면 어때요
날 저물면 밤바다 낭만포차에서
삼합에 소주 한 잔 하구요
쫑포 하멜등대에서 가슴이 먹먹해지도록
물멍도 때려요

〉

사는 거 별거 아니에요
민낯 그대로 한가한 풍경이 되어
마음 내키는 대로 발길 닿는 대로
가고 싶은 곳 가 봐요

남의 안부는 그만두고
가만가만 내 안부를 물어봐요
그대도 꽃이고 새고 하늘이고 바다잖아요

그대만의 자유,
그대만의 여수잖아요

신병은 1989년 《시대문학》, 1991년 《한국일보》 시 발표. 시집 『바람과 함께 풀잎이』 『키스』 『꽃, 그 이후』 등.

신승민

고군산古群山

날것이 피고 지는 날물의 때
한 무리 도당盜黨이 숨어든 한 무리의 돌섬은
뭉개진 꽃들의 사유지私有地로다

떠날 수 없는 인간세人間世가 두려워
인어人魚들의 피로 하구河口가 물든다 한들,
어찌 환난患難으로 영근
열흘 붉음에 몸을 거居하랴

미망迷妄의 강물 속 모래시계는 그치지 않고
오래된 닻으로도 바다의 시간을
멈출 수는 없음이니,
도망할수록 사무치는 저 뻘밭이
우리가 도둑질하다 버린 세월의 깊이일 것이다

늙은 수룡水龍의 굽이진 등허리인가
메마른 곡비哭婢의 처절한 마당인가

떠날 수 없는 것을 떠나고서야
진실의 유해遺骸가 드러난다

나락을 끼고 날아드는 새 떼
바닥난 것들의 어스름에
거룻배 한 척 밀려오고 있다

신승민 2015년 《미네르바》 등단. 시집 『일곱 번째 감각-ㅅ』(공저) 등.

신정아

먼지 되어

고속버스에 몸을 싣네

오롯이 몸을 기대
쉴 수 있는 시간

바다에 내려도
반기는 이 없고

간다고,
땅으로 돌아간다고

등 돌려
몸을 실어도

알아주는 이가
없다네

신정아 2018년 《시See》 등단, 시집 『내 사랑 길치』 등.

엄세원

내 안의 독도

몸의 영토 외딴 끝에서 용종 하나 드러났다
불안이 파도처럼 일었다
감정의 파고를 잡지 못해 출렁거렸다

양성과 악성을 오가는 경계에서
조직이 사계절의 색채를 껴입고 이동했다
꿋꿋하게 몸을 대변하는 섬

해무였다가
검푸른 파도였다가
붉은 등대였다가

우뚝 솟은 내 안의 독도
그동안 누려왔던
음식이나 생활 패턴의 주권을 가진 상징이라고

사진 한 장 걸어 놓고

몸에서의 지리적 역사적 맥락을 묻는다
식습관이 끌고 들어간 부속
날마다 주마다 달마다 계절마다 해마다
살붙이이면서 영유되는 섬이다

내가 나를 끌고 꿋꿋하게 돌아들 때
물이랑에서 마음의 비릿함이 만져졌다

바위 속의 바다
양성의 앎이 전입한 고도

지켜내야 할 몸이다

엄세원 2021년 《전북도민일보》 등단. 시집 『숨, 들고나는 내력』 『우린, 어디에서 핼리 혜성을 볼까』 등.

오세영

독도獨島

비바람 몰아치고 태풍이 불 때마다
안부가 걱정되었다.
아등바등 사는 고향, 비좁은 산천이 싫어서
일찍이 뛰쳐나가 대처에
뿌리를 내리는 삶.
내 기특한 혈육아,
어떤 시인은 너를 일러 국토의 막내라 하였거니
황망한 바다
먼 수평선 너머 풍랑에 씻기우는
한낱 외운 바위섬처럼 너
오늘도 세파에 시달리고 있구나.
내 아직 살기에 여력이 없고
네 또한 지금까지 항상 그래왔듯
그 누구의 도움도 바라지 않았거니
내 어찌 너를 한 시라도
잊을 수 있겠느냐.
눈보라 휘날리고 파도가 거칠어질 때마다 네

안부가 걱정되었다.
그러나 우리는 믿는다.
네 사는 그곳을
어떤 이는 태양이 새날을 빚고
어떤 이는 또 무지개가 새 빛을 품는다 하거니
태양과 무지개의 나라에서 어찌
눈보라 비바람이 찾아들지 않으리.
동해 푸른 바다 멀리 홀로 떠 국토를 지키는 섬,
내 사랑하는 막내 아우야.

오세영 1965~1968년 《현대문학》 추천 완료 등단. 시집 『사랑의 저쪽』 『바람의 그림자』 등.

오정국

무대의 춤과 춤꾼을

무대의 춤과 춤꾼을
한자리에 묶어 둘 수 없다는 절망은
너의 것이 아니다 시간은 직선으로 사라지고
공간은 시간의 얼룩으로 남겨지기 때문이다

너는 시간 X와 공간 Y의 접점을
관찰하는 자, 그 이름 시인이 마땅하겠다

너는 벽화마을을 한 바퀴 돈다 담장의 고래가
바다를 향해 물줄기 내뿜는다
포물선의 곡선이 공중에서 빛날 때,
너는 중력의 아름다움을 노트에 기록한다
뉴턴의 운동법칙, F=ma를 떠올려 보지만
아름다움이란 순식간에 흩어지는 투명한 물질

담벼락의 희고 검은 반점들, 물결무늬 일렁이면
귀신고래의 울음소리가

네 목을 쳐들게 하고
혹등고래의 춤이
네 등을 들썩여
팔다리가 천지사방 펄럭거린다

뿌옇게 흩날리는 들숨날숨들
원주율의 3.14, 무한소수 행렬처럼
네 몸을 아스라이 감싸 돌더니,
백지 위의 문장으로 자리잡는다 너는 다만
침묵의 검은 돌멩이, 마침표 하나를 던져 넣는 것으로
네 생애의 시 한 편을 마감시킨다

오정국 1988년 《현대문학》 등단. 시집 『눈먼 자의 동쪽』 『재의 얼굴로 지나가다』 등.

유안진

내 자리

척박한 산비탈 버려진 자투리땅 귀퉁이에서
한줌 던져두고는 잊어버리는
잊혀져서 제 맘대로 크는 메밀
잡초와 동무하며 잡초로 자라는
가뭄이 극심해야만 비로소 찾아지는 구황곡식
곡식도 아닌 곡식 메밀은
껍질이 세모꼴이어도 알맹이는 둥글다

차거운 성질이라서
껍질은 베갯속으로 쓰인다
머리는 차게, 뱃장은 두둑하게, 손발은 따스해야 한다는
민간상식을 따라서

〈둥근 세모꼴〉이라는 시집을 묶으며
그때도 나 메밀 같은 야생시인野生詩人
버려진 돌자갈 밭 잡초세상 비탈을 보면
저기가 내 자리다, 깨닫는 한국시단韓國詩壇에서

아직도 잡풀로 사는 곡식 아닌 구황곡식
메밀 〈둥근 세모꼴〉의 나.

유안진 1965~1967년 《현대문학》 추천 완료 등단. 시집 『누이』 『다보탑을 줍다』 등.

유자효

독도

1

동해에 떨어진
신의 눈물방울
수십 조각으로 튀어
바다에 박혔으니
외로워서
아름다워라
신의 슬픔이여

2

독도는
돌의 형제 많아
외롭지 않고
독도는
갈매기 형제 많아
외롭지 않고
오로지

정한 많은
인간 홀로
외롭다더라

유자효 1968년 《신아일보》(시), 《불교신문》(시조) 등단. 시집 『포옹』 『시간의 길이』 등.

유재영

바다 책상

저요! 저요!
물살들이 몰려온
왁자한 밀물바다
세상에서 제일 큰 책상이 펼쳐졌다.
지금은 어린 물떼새 작문 시간
종종걸음 갯벌 위로
찍히는 발자국들
큰 발자국 옆에 작은 발자국
볼 수는 있어도
읽을 수는 없는
아 아, 저것은 그분만이 아시는
눈부신 진흙 경전,
파도는 먼 파도는
달려와 쓰러지고
지평선 둥글게 휘어지자
하늘 길 환히 열리네,
저것 좀 보아

저것 좀 보아
가만히 손 내미시는
거룩한 시간들이
윤슬처럼 반짝이네

유재영 1973년 시, 시조 추천 등단. 시집 『한 방울의 피』 『변성기의 아침』 등.

尹錫山

하늘바라기

웬 늙은이가 길을 가다 문득
멈춰 서서
먼 데, 하늘을 바라본다.

무슨 생각에나 잠긴 듯 눈을 끔뻑이며
오늘 하늘, 유난히 높고 푸르구나.
뜻도 없는 혼잣소리, 하늘가로 공허하게 퍼져 나간다.

尹錫山 1974년《경향신문》등단. 시집『바다 속의 램프』『햇살 기지개』등.

윤정구

백령도 소나무의 눈

까맣게 잊은 줄 알았다
어떻든 어린 것들은 살려야 한다고
캄캄한 바다를 소리없이 빠져나온 작은 배
철벅거리며 육지로 올라오던 발자국 소리
백령도 소나무는 잊지 못하고 있었구나
물결무늬로 벋어 내려간 조선소나무 뿌리

소나무 뿌리에 눈이 있었구나
흙이 떨어져 나간 낭떠러지 아래쪽으로는
벋어 나가기를 멈추고
낙엽 썩는 향기 뭉클한 낭떠러지
위쪽으로 긴 뿌리를 벋어
두 눈 똑바로 뜨고
끝까지 기다려 보리라는 조선소나무

대대로 지켜온 연백 마을 뒤로하고
망망대해로 흩어지며

꼭 다시 만나자던 장산곶 마루
서로를 붙들고 다짐하던 그날의 맹세를
조선소나무 옹이마다 새기고 있다

윤정구 1994년 《현대시학》 등단. 시집 『눈 속의 푸른 풀밭』 『한 뼘이라는 적멸』 등.

윤효

원금과 이자

원금은
건드리지 말고 이자만 갖고 살아 보자.

노작가가 이렇게 말했을 때,
세계에서 모인 생태학자들이 모두 자리를 박차고 일어났다.

문자 그대로 우레와 같은 박수였다.

2002년 세계생태학대회에서 소설가 박경리 선생이
기조강연에 나섰을 때의 일이다.

그리고 20년이 지났다.
원금이 바닥을 보이고 있다는 경보음이 끊임없이 울렸다.

또 그렇게
20년, 30년을 지나가게 할 수는 없다.

〉
금자동이 은자동이 저 금쪽이들이 자라서
원금을 찾을 것이므로

다 어디 갔냐고, 돌려달라고,
꺼이꺼이 때늦은 울음을 울 것이므로

제, 발, 건, 드, 리, 지, 말, 자.

숲은, 저 숲은.

윤효 1984년 《현대문학》 등단. 시집 『물결』 『배꼽』 등.

이건청

해변의 첼리스트

가을 해변
콘서트엘 갔었네
크로아티아
1715년 지나 1725년,
혹한의 날들을
맨몸으로 견딘 여자.
수피樹皮를 벗기면
핏빛 연륜 촘촘히 새겨진
공명함共鳴函,
망극 흐느낌 떠올라
가을 하늘 한켠에 코발트 빛으로 떠 있는 여자
나탈리 망세*
전라全裸의 첼리스트
그대 콘서트엘 갔었네

해질녘 가을 바다엔
마지막 물새들이

핏빛 노을의 끝머리를 겨우 물고
지워져 가고 있었네.

*나탈리 망세Nathalie Manser: 1970~ 스위스 출신 첼리스트. 전라全裸의 연주곡 「천사에게」 등이 있음.

이건청 1967년 《한국일보》 등단. 시집 『실라캔스를 찾아서』 『곡마단 뒷마당엔 말이 한 마리 있었네』 등.

이경

붉은 흙을 보면 가슴이 뛴다

어머니는 아직도 철책 부근을 배회하는지 모릅니다
혹시 그녀를 보셨나요
고막에 총성이 박혔습니다
가슴에 총탄 구멍 뚫려 있습니다
허리에 철사 가시를 둘렀습니다
척추 속에 못다 터진 지뢰가 녹슬고 있습니다
머리에 팔만대장경을 이고 있습니다
등에 아이를 업었습니다
일제 36년을 살아냈습니다
전쟁 통에 아이를 낳았습니다
봉선화꽃 같은 피 말로 쏟았습니다
다 키운 자식 휴전선 철책에 묻었습니다
시퍼렇게 뜬 눈으로 묻었습니다
자본의 이빨이 베어먹다 남은 허벅지 성한 곳 없지만
이곳은 법국토 감자꽃 피고 법국새 우는 땅
푸른 물에 비치는 사람의 마을들
다시 산다 해도 이 땅에 아이로 태어나고 싶다던

어머니 그 위대한 국토
당신 몸을 빌리지 않고 꽃 한 송이 필 수 없습니다

이경 1993년 《시와시학》 등단. 시집 『소와 뻐꾹새소리와 엄지발가락』 『야생』 등.

이근배

금강산은 길을 묻지 않는다

새들은 저희들끼리 하늘에 길을 만들고
물고기는 너른 바다에서도 길을 잃지 않는데
사람들은 길을 두고 길 아닌 길을 가기도 하고
길이 있어도 가지 못하는 길이 있다
산도 길이고 물도 길인데
산과 산 물과 물이 서로 돌아누워
내 나라의 금강산을 가는데
반세기 넘게 기다리던 사람들
이제 봄. 여름, 가을, 겨울
앞 다투어 길을 나서는구나
참 이름도 개골산, 봉래산, 풍악산
철 따라 다른 우리 금강산
보라, 저 비로봉이 거느린 일만 이천 멧부리
우주만물의 형상이 여기서 빚고
여기서 태어났구나
깎아지른 바위는 살아서 뛰며 놀고
흐르는 물은 은구슬 옥구슬이구나

소나무, 잣나무는 왜 이리 늦었느냐 반기고

구룡폭포 천둥소리 닫힌 세월을 깨운다

그렇구나

금강산이 일러주는 길은 하나

한 핏줄 칭칭 동여매는 이 길 두고

우리는 너무도 먼 길을 돌아왔구나

분단도 가고 철조망도 가고

형과 아우 겨누던 총부리도 가고

손에 손에 삽과 괭이 들고

평화의 씨앗, 자유의 씨앗 뿌리고 가꾸며

오순도순 잘 사는 길을 찾아왔구나

한 식구 한솥밥 끓이며 살자는데

우리가 사는 길 여기 있는데

어디서 왔느냐고 어디로 가느냐고

이제 금강산은 길을 묻지 않는다

이근배 1961~192년 《경향신문》《서울신문》 등단. 시집 『사랑을 연주하는 꽃나무』 『한강』 등.

이노나

종로, 북촌

편지를 씁니다 잠시 걸음을 멈추고
깊게 숨을 쉽니다
그렇게 해도 좋습니다

까치 한 마리
지붕 위로 천천히 날아오릅니다
정적을 깨며 무수한 어젯밤과 아침을
잇습니다
어디에서나 넘나듭니다

만져질 듯 아스라한 나뭇가지에
흩어졌던 꽃잎 몇 장
반드시 돌아오리라는 약속처럼
사람으로 피어납니다

오후가 북적입니다
다시 나아갑니다

나아갔다가 멈추었다고 해도 더욱 뜨거워집니다

바람이 붑니다
결 따라 골목을 휘돌면 강물처럼 출렁이는
유구한 계단
차곡차곡 쌓여 길고 오래 관통하는 순간과 순간입니다

그래서 지금 여기는 종로, 북촌입니다

이노나 2012년 《연인》 등단. 시집 『마법 가게』 『골목 끝 집』 등.

이사라

진부역에서 기다리면

진부역에서 기다리면
찾아오는 사람이 내게는 있다

청춘이 같았던 그 시절
라일락 내음인 줄 그대와 최루탄 함께 맞던
홍대 앞길에서부터
지금은 진부 어디쯤

시골 농가 마당 풀 뽑으며
밤별에 온몸 적시는 그 사람

평창 지나 강릉 가기 직전에서
기차가 잠시 머무는 역사에 몸을 풀면
떠나며 두고 온 것들이
잊힌다지만

그대가 있어서

내가 있다고 고백하는
염치가 그곳에는 있다

우리가 하나의 땅을 지키고
우리가 하나의 세월을 겪어가며
울고 웃다가
이제 여기에서 다시 만나
동해 겨울을 견딘 황태국을 먹는다고
누가 뭐라고 할까

맑은 국물처럼
맑은 눈동자로 서로를 본들

이사라 1981년 《문학사상》 등단. 시집 『히브리인의 마을 앞에서』 『저녁이 쉽게 오는 사람에게』 등.

이상호

모를 속셈

낯선 산길을 오르는데
문득 앞을 막아서는
아름드리 고목 한 그루

숱한 이들이 숱하게 오가
만들어진 길이 달리 보여
걸음을 쉬 옮기지 못했네.

풀 한 포기 잘 못 자라는
이 길은 길인가 사막인가?
길에서 길을 찾는 난감함!

산에서 만나면 젤 무서운 게
사람이라는 풍문을 덥석 믿고
독한 사람 냄새에 정신이 번쩍!

하늘에서는 진공청소기를 돌리고

땅에서는 공기정화기로 숲을 기르고
바다에서는 염장을 질러 물을 맑히는,

삼중 정화 장치를 설치한 그분 속
아하 그렇구나! 알 듯도 한데
퍼뜩 돋아나는 독초 한 촉

왜!
애초에 사람 지을 때 놓쳤을까?
뭐든 다 꿰뚫어 안다고 알고 있건만…

이상호 1982년《심상》등단. 시집『금환식』『국수로 수국 꽃 피우기』등.

이수영

사랑 섬, 독도

눈 속에 꽃 피는 매화나무처럼

대나무 올곧은 죽순 열매처럼

마알간 얼굴 그대 서 있는 그곳

대한민국

경상북도 울릉군 울릉읍 독도안용복길 3

태평양 위 고독한 나의 형제여

나 그대의 수호천사로 살고 있소

천년만년 머언 그리움으로

살고 또 살으리오

이수영 1994년 시집 『깊은 잠에 빠진 방의 열쇠』 발간 등단. 시집 『안단테 자동차』 『미르테의 꽃, 슈만』 등.

이수익

국경에 대하여

해방되기 전에는 아마 우리에게
국경이란 것이 없었던 것 같다
우리나라에서 일본으로, 만주로, 중국 본토로, 미국으로
국경을 넘어선 이들이 꽤 있었다
또는 일본에서, 중국에서, 만주에서 살다가 우리나라로 넘어온
이들도 상당수였다

그런데 지금은 어떤가?
우리나라에서 일본이나 중국, 인도로 가는 데는 꼭 여권이란 게 필요하고
미국이나 유럽, 아프리카 여러 나라로 가는 데도 여권은 필수 지참이다
여권이 없으면 갈 수도 없고, 올 수도 없다
이렇게 세상은 완전 달라졌다

더구나 남한에서 북한으로, 또는 북한에서 남한으로

오고가는 길은
국경의 문제가 아니라 바로 생존의 문제가 달려 있다
남북 간의 길이 깜깜하게 변해 버린 데에는 우리 조상의 잘못이
절대적이지만, 그것을 논하거나 원망하지는 않겠다
그저 무심하게 세월 따라 흘러가는 수밖에는 없으므로

국경!
우리를 키워 주고 또는 우리를 가두는
거대한 하늘의 벼락이여

이수익 1963년 《서울신문》 등단. 시집 『조용한 폭발』 『우울한 상송』 등.

이승하

독도를 바라보며

외로워하지 말아라 해 뜨면
수많은 물새가 네 깊은 품으로 날아들지 않느냐
괴로워하지 말아라 밤 오면
수많은 별이 네 깊은 눈 속으로 내려오지 않느냐

그리 멀지 않은 곳에
형님 울릉도가 있어 너를 지켜 주고 있는데
뭐가 두렵니?
고개를 들고 하늘을 봐라 동해를 봐라

돌멩이 한 개도 흙 한 줌도
가져갈 수 없다
수천 년을 지켜온 영토
수천 년을 지켜갈 영토

누가 뭐래도 너는 대한민국의 일부
집적대는 놈 있으면 가슴을 보여라

바다를 지켜온 대한봉과 우산봉의 앙가슴을
국경을 수비해 온 젊은이들의 가슴팍을

이승하 1984년《중앙일보》등단. 시집『생애를 낭송하다』『사람 사람』등.

이영식

바다에서 시인에게

파도가 바위를 친다
함묵의 북, 두드려 억만년 잠 깨우려 한다
저를 허물고 바람을 세우는 파도
낮고 낮아져 모음만으로 노래가 되는 시를 쓴다

시인이여. 바다라는 큰 가락지 끼고 도는 푸른 별에서
그대, 시인이려거든 바다 건너는 나비의 가벼움으로
오라
비유로 말고 통째로 던져 오라
애인이자 어머니이며 삶이고 죽음인 바다를 사랑하라
근원에서 목표까지 온전히 품어
구름 되고 비가 되어 정신을 적시는 바다
모래톱에 밀려온 부유물들을 보라
모든 것 다 받아 준다고 바다가 아니다.
마실수록 갈증이 되는 허명
껍데기로 뛰어든 것들 잘근잘근 씹어 내뱉는
허허바다

오늘도 어느 해류는
목마른 편지가 든 유리병 하나를 실어 나르기 위해
입 꼭 다문 채 온밤을 흐른다

이영식 2000년 《문학사상》 등단. 시집 『꽃의 정치』 『휴』 등.

이영춘

대지의 알바트로스

베란다에서 나와 함께 살던 앵무새 한 마리가 날아갔다
집안 곳곳에 흩어져 있는 그의 숨결들, 숨결의 깃털들
깃털의 무늬들이 무겁게 공간을 떠돈다
저 푸른 자유를 향하여 잘 날아갔구나 싶다가도
저린 배춧잎처럼 가슴이 무거워지는 것은,
빈손을 자꾸 들여다보게 되는 것은,
내 속에 악마, 알바트로스 혼의 유폐인가?

새야, 돌아오지 마라, 내 창에 다시 깃들려고 돌아오지 마라
높푸른 창공에서 우주 공간에서 네 황금빛 날개로
악의 꽃들에게 저주의 노래를 불러라 배설의 화살을 당겨라
지상에 발붙인 검은 비너스의 꽃들에게, 악의 신들에게,

이 세상 갓 태어난 아기처럼
보드랍고 촉촉한 너의 날갯짓 같은 강물이 흐를 수 있

다면

순백의 세상이 될 수 있다면

나 너와 헤어져도 좋으리라

네 깃털 사이로 흐르는 강물처럼, 평화처럼,

이 대지에 너의 자유가 넘치리라! 넘쳐흐르리라!

이영춘 1976년 《월간문학》 등단. 시집 『노자의 무덤을 가다』 『그 뼈가 아파서 울었다』 등.

이은봉

풀여치 한 마리

풀여치 한 마리 널브러져 있네
몇 년째 농약을 치지 않고
들깨 농사를 지어온 텃밭 가

쪼그려 앉아 자세히 들여다보니,
두 날개 모두 찢겨 있네

텃밭 가운데로 휙 던져 넣네
이미 저승을 사는 풀여치
거름이라도 되라고, 흙이라도 되라고

죽으면 누구나 다 흙이 되거늘,
이 땅, 거름이 되면 얼마나 좋은가.

이은봉 1984년 《창작과비평》 신작 시집 등단. 시집 『걸어 다니는 별』 『뒤뚱거리는 마을』 등.

이인평

축원

산이 된 당신을 봅니다
오천 년이 넘도록 이 나라 강토가 된
당신은 또 짙푸른 바다가 되어
한반도의 해안을 쉼 없이 출렁입니다

사계를 휘휘 돌며
반만년 긴 숨결로 금수강산을 가꾸시니
이만한 기쁨이 어디 있겠습니까

삼면 바다를 쪽빛 치맛자락처럼 펼치시어
해가 뜨고 질 때마다
불멸의 말씀을 붉게 안겨 주시니
이만한 사랑이 어디 있겠습니까

어둠이 덮인다고 이 땅이 사라지겠습니까
먹구름이 가린다고 해가 없어지겠습니까

천년만년 대를 이어 살고 지고 살도록
당신의 무궁한 보살핌이
백두대간을 두른 요새의 품속이시니
이만한 기쁨, 이만한 평화가 어디 있다고,
어찌 당신께 감사드리지 않을 수 있겠습니까

당신을 받드는 올곧은 기상으로
한민족 한마음의 예지와 열정을 기울여
온 세상에 당신의 빛을 밝히게 하소서
당신의 깊은 뜻을 새겨 담아 전하게 하소서

산맥이 되고 바다가 된 당신께
온 정성을 여며 손 모아 축원합니다

이인평 2000년 《평화신문》 등단. 시집 『소금의 말』 『빛으로 남은 줄 알겠지』 등.

이준관

내 마음의 바다

못내 하고 싶은 말이 있을 때면
누군가의 어깨에 기대어 울고 싶을 때면
바다를 찾아간다
바다는 천 개 만 개 이랑의 귀가 되어
내 말 다 들어 주고
파도는 내 손 붙잡아 주려고 밀려오고 밀려온다
해풍에 등이 굽은 해송은
아픔도 저 물결처럼 풀어내고 풀어내면
햇빛에 빛나는 윤슬이 된다고
내 등을 다독여 준다
그까짓 울음 같은 것
바다가 대신 울어 주고
그까짓 아픔 같은 것
바다가 대신 아파해 준다.
슬픔도 햇빛에 말리면 소금이 된다고
인생의 맛을 내는 소금이 된다고
바다는 내 발등을 적시며 속삭인다

이준관 1974년 《심상》 등단. 시집 『가을 떡갈나무 숲』 『험한 세상 다리가 되어』 등.

이채민

블루로드 *

태연히 걸었지만
길은 내 가쁜 숨소리를 붙들고
함께 가고 있었다
수만 평 영덕의 노을을 거느린 파도가
부딪혀 왔다

무엇에 젖는 것은 두려웠지만
말씀 같은 파도는
반란하는 숨결을 다독여 주고
헛것은 지우는 거라 일러 준다

번뇌의 가시를 뽑아 준 이름 모를 새
그 눈망울이
점점이 박혀 있는 푸른 혈관

고독을 팔아 물새의 발자국을 지키는
등대 위로

총총한 어둠이 돋아난다

몇 번을 주저앉고 또 멈추겠지만
푸르게 안겨오는 동해의 긴 서사를
쉽게 벗어날 수는 없을 것 같다

*블루로드: 영덕 강구항에서 고래불까지 50km 해안도로.

이채민 2004년 《미네르바》 등단. 시집 『빛의 뿌리』 『까마득한 연인들』 등.

이태수

외딴 마을 황혼

젊은이들이 떠나고 없는 외딴 마을
아기 울음소리가 사라진 지 오래다

황혼 무렵, 서산 너머로 낮달도 스러지고
노인들이 느리게 골목길을 돌아든다

담장에 기대어선 감나무들이 서둘러
등불을 켜 들고
그 발치에는 샐비어꽃이 한창이지만

노파가 미는 빈 유모차가 말해 주듯
외딴 마을의 황혼 풍경은 적막 그 자체다

유난히도 따스해 보이는 저 불빛은
자식 편지를 읽기 때문인지 모른다

이태수 1974년 《현대문학》 등단. 시집 『그림자의 그늘』 『먼 여로』 등.

이해리

탕진되지 않는 슬픔을 들고

포석정에 호랑가시나무 서 있다, 꽃의 향기는 비단보다 부드럽고 쟈스민보다 향긋한데 잎의 가시는 호랑이 발톱을 닮았다. 한 몸 안에 감미로운 향기와 날카로운 맹수의 발톱을 함께 키우는 나무, 그 애틋한 이중성 안엔 무슨 쓸쓸한 비밀을 숨겼는가, 초록 발톱 이파리들이 우우 옹립하고 있는 가지의 우듬지에 샛별보다 작고 하얀 꽃이 적막을 깨물고 피어 있다. 망국의 황녀가 자결을 결심할 때 독하게 알몸에 바르는 독약 같은 향기, 발톱은 그 향기를 사수하기 위해 외부로 뽑아 든 칼날인가, 그렇지만 향기란 것이 칼날로 지킬 수 있는 슬픔이던가 대항할 힘을 잃은 군졸들처럼 가을 잎 떨어지고 서늘히 쓰러져 뒹구는 것에 마음 끌려 찾아온 가을 포석정, 마지막 잔을 마시고 불콰한 왕이 슬픈 이사금 슬픈 이사금 탕진되지 않는 슬픔을 들고 내 가슴에 쓰러져 운다

이해리 1998년《사람의문학》등단. 시집『철새는 그리움의 힘으로 날아간다』『수성못』등.

이현서

어쩌자고 파도는

돌아갈 곳 없는 상한 영혼이 파란 손금을 읽는다

더 이상 지구가 기울어지기 전에
다시 가야지, 바다로

모든 것의 시작이자 끝이 되는 먼 당신

수천 년 전
물 위를 걸었던 그 사람처럼 물 위를 걸으면
아득한 신의 음성을 들을 수 있을까

수직의 까마득한 절벽 아래
어쩌자고 파도는 숭어리 숭어리 흰꽃을 피우는가

이별 후 돌아선 그날처럼 흔들리며 흔들리며 피는 꽃의 울음은

어둠 속 떠오르는 살별에게
고독한 심연이 보내는 구조신호이다

억만 겁의 흔들림으로도 완성하지 못한 너와 나의 세계이다

달빛 지느러미 통증으로 돋아나는 날
바람은 눈물이 편애하는 방향으로 수평선을 들어 올리고

불온한 꽃의 심장을 안고
구부러진 해안선을 따라 푸드득 푸드득 날개를 퍼득이는 새
시린 발끝으로 모이는 허공

동백꽃 붉은 꽃잎이 끝없는 달빛을 끌고 간다

이현서 2009년《미네르바》등단. 시집『구름무늬 경첩을 열다』『어제의 심장에 돋는 새파란 시간들』등.

이화은

날마다 양재천

이 꽃은 꼭 봐야 해
이 비는 꼭 맞아야 해
낙엽 밟는 소리 아삭아삭 들리지
얼음장 밑으로 창창창 비장한 물소리 들어 봐

일타 강사처럼 당신은 계절의 행간마다 밑줄을 친다

이러다 이 生을 한 번 더 사랑할라

늘 그 자리 기다린 듯 검은 길고양이가
ㅁ ㅁ ㅁ ㅁ ㅁ

오늘은 다섯 어제는 여섯
미음 미음 미음 미음 미음

저 닿소리만으로는 아무 문장도 만들 수 없는데
풀 수 없는 암호가 자꾸 늘어난다

다시 밑줄을 친다

이화은 1991년 《월간문학》 등단. 시집 『미간』 『절반의 입술』 등.

임수경

지리산엽서

가난한 마음에만 파고드는 실상사 동종소리를 들은 적 있는지. 적당히 분주했고 적당히 쓸쓸했던 하루 끄트머리, 집으로 가는 모든 문은 입구이자 출구였으므로, 어차피 지상의 바람은 이방인일 뿐, 외롭지 않다, 않다, 뒷걸음치다 닿은 마을, 달도 쉬어가는 인월, 고맙게도 서른세 번 동종의 울음을 타고 오래전 놓아 버린 설렘과 기대에 대하여, 잊었을 낡은 애인의 이름을 되뇌어 보기도, 먼저 덮인 기억을 헤집으며 배시시. 어둑해지는 뚝방길을 걷다가 하나밖에 없는 편의점을 지나 낯가리던 도시처녀가 하는 카페 겸 작은 책방에서 잠시 숨고르기, 커피와 우엉차 향이 가득한, 그리고 엽서 한 장

잘 살아내자는 보통의 인사

어이없는, 그 따스한 위로

임수경 2001년 《시현실》 등단, 시집 『낙타연애』 『이상하게 슬픈 파랑』 등.

임승천

산아 산아 한라산아

저 남쪽 제주 섬 미리내를 끌어 담을 저 푸른 한라산은
삼백예순 오름을 품속에 안고 비바람 견디며 살아왔네
유채꽃 피고 산새들 날면 자유와 평화가 넘치는 곳
이 나라 이 땅에 끝에서 겨레와 더불어 살아왔네
산아 산아 한라산아 산아 산아 우리의 한라산아
겨레의 마음속에 겨레의 숨결 속에
영원히 영원히 영원히 숨 쉬어라

저 바다 제주 섬 백록담을 고이 담은 저 물빛 한라산은
푸른 바다 물결을 마음에 담고 눈보라 헤치며 살아왔네
하얀 눈 오고 흰 물결 치면 자유와 평화가 넘치는 곳
한반도 이 바다 끝에서 나라를 지키며 이어왔네
산아 산아 한라산아 산아 산아 제주의 한라산아
겨레의 마음속에 겨레의 역사 속에
영원히 영원히 영원히 이어가라

임승천 1985년 《심상》 등단. 시집 『하얀 입김으로』 『노들레 흰들레』 『삶의 바다로 떠나는 시』 등.

갯벌

전장戰場의 한낮
그곳은 폐허같이 황량하다
포화로 벌거숭이가 된 언덕과 들판

폐선의 부서진 닻이 탱크처럼 누워 있고
비목碑木 하나 찢겨진 깃발을 흔들고 있다
아직도 들릴 듯 말 듯한 함성

들판은 온통 포탄자국으로 얼룩져 있다
구멍, 구멍마다 숨죽인 눈빛들
참호에는 무수한 병사들이 숨어 있다

곧 어둠이 닥쳐올 것이다
밤을 기다리는 전사들
역사는 밤에 이루어질 것이다

임윤식 2005년《시와창작》등단. 시집『나무도 가슴은 있다』등.

장수라

바다의 설법

내가 물에 잠길 때마다 스스로 구제하지 못하는 것은 수영을 못해서가 아니라 바다에 물이 너무 많기 때문이라고 생각했다

청춘을 지나 강산도 무심히 몇 번 더 바뀌기까지도 우주가 이미 품어 버린 걸 바다 탓을 하느라 우둔한 내가 부처님 혀가 길다는 장광설이 주는 설법을 몰랐다

땅도 설법하고 중도 설법하고 삼세 모든 것이 설법하는데, 만질 수도 볼 수도 없는 허공까지도 설법을 하는데

이 물을 다 마셔 버릴 거야

바다에 맞서 울며 토로해도
결국 뻥 뚫린 허공이 품어 버린다는 걸 몰랐다

허파에 대해 생각하고 잠수에 대해 생각한다 잠수함에

대해서도 생각한다 오래된 혹등고래에 대해 생각한다 따개비도 망둥어도 광어나 해녀가 토해 낸 많은 기도를 생각한다

노을을 낳고 해를 낳고 오래된 해적선을 낳았던 바다는 바람의 어머니, 소원 보따리라는 걸

그냥 흘러가는 물에게 물었어야 했다

장수라 2010년 《시와문화》 등단.

장수현

도동항에 스민 날 선 공복

한바탕 바람이 지나갔습니다

저물녘 바다와 뒤로 솟구친 해송을
등 돌리는 햇발이 지워지면
나를 비추던 거울이 산산이 깨어지고
그 파편 하나가 언젠가 몸속에 들어와
욱신거리는 날입니다

도동항 건너 해풍에 벼려진 파도에 튀는 포말들

포구는 빛과 어둠이 스민 시간의 흔적 속에
출어를 서두르는 울릉도 사내들이
섬의 알몸 사이로 파도를 끌어오면
위판장 아낙들의 걸쭉한 호들갑에
좌판에서 도리 쳐진 오징어 내장과
해풍에 삭은 갯내음도
괭이갈매기 요동치던 하루를

주섬주섬 챙기며 방파제를 등지나 봅니다

수평선 너머 고래들도 치솟으며 석양빛을 튕겼고
그 물보라가 저녁해를 물었다 뱉기가 잦아들면
건너갈 바다를 뒤로한 채
성인봉 기슭이 옷고름을 풀고 달빛에 감깁니다

한사코
해가 다시 오르면 날이 선 파도가 시선에 가득할 때
이백리 밖 바다 끝에 산다는 그 고적한 섬을
찾아가야 할 나를 잠시 버리기로 합니다

장수현 2005년 《월간신문예》 등단. 시집 『새벽달은 별을 품고』 『아내의 머리를 염색하며』 등.

장인무

땅끝 77번 도로

생의 낭떠러지에서
살아 돌아와 다시 찾은 이 길

이 길이 살아남은 자의 길이라면
슬픔도 기쁨도 같이하는 길

또 다른 길이 있다 해도
이 길을 선택했을 77번 해변도로

금방 바다에 뛰어들은 듯
파란 하늘과 맞닿은 수평선

바닷새가 저공비행을 하며 저녁 만찬을 즐기고
무인도가 꽃송이처럼 피어 물거품을 뱉어 내는 곳

하얗게 부서지는 파도는 어느새 바다를 품고
곤두박질하듯 섬으로 파고들어

쉼 없는 황금 출렁임으로 불사르고 있는 곳

미끄러지듯 살갗을 스쳐가는 갯바람
내가 달리는 것이 아니라 바다가 달려오는 듯
가만히 서 있기만 해도 달려와 안아 주는 곳

사랑하는 이와 어제의 안부를 물으며
안일한 내 치부를 벗어던지고
목청 높여 노래 부르며 달려 보고 싶은 이 길

장인무 2012년 등롱문학상, 2016년 《문학세계》 등단. 시집 『물들다』 『달빛에 물든 꽃잎은 시들지 않는다』 등.

정숙자

공우림空友林의 노래 · 57

사랑은 섬광
　　사랑은 악상
또는, 사랑은 빨강과 초록
(1990.11.23.)
　ㅡ_ㅡ

이제 하나둘 느껴지네요
초록과 빨강의 사이와 차이

절규와 진리란 빨강과 초록의 순환
고고성呱呱聲으로부터 단말마까지

그와 그들, 그리고 나

우주 간 한 틈새 노래였던 걸

정숙자 1988년 《문학정신》 등단. 시집 『하루에 한 번 밤을 주심은』 『공검 & 굴원』 등.

정혜영

잠수하는 다리

— 2023년 루이비통 프리폴 패션쇼

사람이 물에 빠져 죽으면 넋을 건진다, 서빙고 나들목에
경찰차가 버티고 있다

패션쇼 테마 색상은 로얄블루, LED 조명은 다른 시간
을 보여준다

돌풍이 불고,
시간의 터널을 빠져나온 포니 테일의 그녀 런웨이를
엇박자로 걷는다, 검은 가죽 스커트는 트라이앵글로 차
갑고 완벽하다

한국전쟁 중 한강을 건너던 사람들, 다리는
폭파되고
아수라, 아우성
바다로 쓸려간 사람들, 어둠을 섞은 파란 빛을 따라갔다

물은 차갑고

어둠의 저 끝에 파란 흰 빛이 섞여 있다

남아 있는 사람들
물밑에 다리를 하나 더, 건설한다

교각의 조명은 핏빛 못갖춘마디, 그녀가 주먹을 쥐고 런웨이를 걷는다 물에 빠진 사람들 한 줄로 뒤따라 걷는다 돌풍이 불고 젖은 머리카락은 흩날리고

백뮤직은 펄시스터즈의 '님아', 사이키델릭한 음악이 심장을 빠르게 난타한다, 박수갈채,
손바닥이 정지화면으로 떠 있다

비트가 빠른 K-pop의 강물, 브이 네크 스웨터 그녀
화이트 선글래스가 런웨이를 무표정으로 훑고 지나간다

정혜영 2006년 《서정시학》 등단. 시집 『이혼을 결심하는 저녁에는』 등.

래

반사이익

내기하기 위해 논에 가두어 둔 물이
을 고루 적셔 주고 거울을 만들었네

늘 향하고 있는 반사경에
양은 그 논을 좌시하지 않겠네

동, 올챙이 함께 기르고 왜가리 놀게 하리니
만 심어 주라.

울 하나만 반지르르 해도
보는 무리가 많아, 미리 홍이 나네

| 2010년 《시와시학》 등단. 시집 『적막이 오는 순서』 『뼈가 눕다』
봄바다 활동성 어류에 대한 보고서』 등.

조재학

독도 사철나무

우리는 독도의 동도 천장굴 위쪽 급경사지에서 무리지어 살죠
바닷바람이 너무 세서 바로 서 있을 수 없어
한껏 몸을 낮춘 채 비스듬히
그렇게 우리는 독도의 수 세기를 보고 들었죠

오래전 강치 이야긴데요
일본 어부들이 강치를 잡아다 바위 위에 올려놓고
가죽을 벗겼대요 글쎄 매년 수천 마리씩!
그 강치들 비명 파도 속에 다 묻히고
피로 물든 가제바위는 밤낮으로 울부짖었대요

온몸이 눈이고 귀인 나는
그 소리에 눈 터지고 귀 터졌죠
그 소리에 보리밥나무며 섬기린초 섬시호는
소름이 돋고 보리밥나무 열매는
강치들의 핏방울처럼 새빨갛게 미쳤죠

강치들의 땅 강치들의 바다에 강치는 없어요

한 그때 강치들 울음처럼 파도만 울어요

이제 대한민국 천연기념물 538호

사철나무라고 불리죠

해풍 모진 토양에도 꿋꿋이 살아가는 나무라고

사 말해요

서 가장 오래 살아남은 나무래요

| 독도를 지켜온 우리는 이제 독도 538호라고

불

매일 강치처럼 사라지지 않으려고 바위틈으로

깊 뿌리 내려요

우리고 우리가 독도니까요

조 3년 《시대문학》 등단. 시집 『굴참나무의 사랑이야기』 『날개

가 은 언제 오는가』 등.

주원규

포도알들이 송알송알

포도나무에 송알송알
포도알들이
익어가고 있다

지상의 맛있는 모든 것들을
포도알 속에 쟁여 넣고 있는
포도밭 주인

온몸을 적시는 땀방울은
짜디짠 소금 맛인데
포도알 속에 스며든 땀방울은
새콤달콤
달콤새콤
신비로운 맛이 되어 포도알들
속살을 채운다

오오, 흑진주 빛으로 익어가는

주원 년 《현대문학》 등단. 시집 『切頭山 시편』 『문득 만난 얼굴』 등.

진란

진하*에서는 어떻게든 이별

쥐똥나무 울타리 아래에서
파도를 베끼는 트레이싱 페이퍼를 보았지
어쩌면 고양이였을지도 모르지만
어지럽게 섞여 밀려오던 푸름과 파랑과
흰 잇몸 드러내며 발등을 치대던
햇볕과 눈물이 만장처럼 바람을 타던
그런 날

커다랗고 투명한 창밖으로 내닫던
시스루의 스커트, 야옹야옹 눈물을 줍다가
얼룩진 속눈썹을 쥐어짜도 나오지 않을
웃음의 끝으로 손금 같은 길을 내지
그 바다에는 잊어야 할 것만 많아
파도에 던진 붉은 꽃잎 산산이 부서져 가듯
흔적도 없이 흩어져 간절곶에 닿을 때까지
잘 가라, 잘 살아 서로에게 등을 보이고 걷다 보면
저 반대편 어느 땅에서 또 만날지

[illegible]산광역시 울주군 서생면 진하리에 위치한 해변.

진[illegible]변 《주변인과詩》 등단. 시집 『혼자 노는 숲』『슬픈 거짓말을 만[illegible]있다』 등.

차성환

중랑천

물놀이 금지 표지판을 지나 한 아버지가 어린 아들과 고무보트를 타고 중랑천을 떠내려간다. 한창 장마가 끝난 후라 강물이 불어 있고 급류가 있어 위태로워 보이는데도 아버지는 뭐가 그리 신났는지 몸을 흔들고 고래고래 소리 지르며 웃고 있다. 아이는 아버지 장단을 맞추면서도 무서운 듯 두 손으로 보트를 꽉 쥐고 있는데 조금 더 떠내려가면 울 수도 있었겠다. 20년 전에 본 일이고 중랑천을 걸을 때면 가끔 생각이 난다. 뜨거운 한여름의 보트는 출렁이며 강물을 떠내려갔고 이후에는 다시 볼 수 없었다.

차성환 2015년《시작》등단. 시집『오늘은 오른손을 잃었다』등.

그 골짜기의 여름

오르는 봄은 두릅 순에 들켜도
능선에 핀 웃음으로 길 내는 소리

새 더덕 냄새 캐는 그 사이
세워 눈망울 찾는 또 그 갈래
파른 바위 굴리는 청설모

쉬는 숨소리에 치켜든 꼬리
나는 모양새 가당찮다
봐도 날짐승 그림자 눈알이네

도 건너는 아래가 황당해서
워지는 한 대목

넣는 참수리 날갯짓 가늠하기
들판 나서는 번쩍번쩍 번개

거대한 통나무들이 부르르 떠는 천둥소리

제주도의 천지연 짬에서 떨어트리는
폭포소리에 내가 없어지는 이유를

듣지 못한 대신, 한참 까마득한
지느러미로 쓴 저 반 흘림체 먹물 글씨

또 내 초라함 따돌리는 질문 이뿐인가?

나무 그루터기로 버텨 살아온 만큼 스스로
포기하려는 패배감에 눈 감지 못하여
호되게 나무라는 딱따구리 죽비소리

나무둥치 그 속에도 생기生氣 찾는 굼벵이
목숨 거둬들이는 긴 느낌표도 구부릴 때
산울림 받아 나는 두루미 백로 왜가리 떼

[illegible] 소리 휘감아 전혀 다르게 착지하네

[illegible] 되감던 넝쿨이 껴안아 주던 구김살

*[illegible]때' 를 일컫는 사투리.

차영한 [illegible]~1979년 《시문학》 추천 완료 등단. 시집 『캐주얼 빗방울』 등.

최금녀

압록강에서의 망원

— 잃어버린 시간을 찾아서 1

강이 에덴에서 발원하여 동산을 적시고
거기서부터 갈라져 네 근원이 되었으니
— 창세기 2:10

이곳에서 명사십리까지는 몇 킬로나 될까?
망원경을 눈에 바짝 대고
강 건너 북한 땅을 눈이 뚫어져라 쳐다본다.
그리운 내 고향 영흥
장백산 아래
동해 바다를 가슴에 품은 곳
지금은 북한의 금야군과
정치수용소가 있는 요덕군이 되었다.

나 지금 여기 단동에서 바라본다.
세상에 태어난 내 태가 묻힌 곳
영흥아, 나 아직 죽지 않았다.

[illegible]서 영흥까지는 몇 킬로나 될까?

[illegible] 큰아버지가 사는 기와집이 있는 곳

[illegible]이 관리하는 과수원이 있는 곳

[illegible] 군인이 별사탕을 던져 주던 철길이 있는 곳

[illegible] 얼굴보다 하얀 아카시아 꽃 길이 있는 곳 산기슭[illegible] 곳

[illegible] 작은 마당이 있는 곳 마이크가 있고 축음기가 있[illegible]집이 있고 사촌 오촌이 있고 뻐꾸기가 울고 가는 [illegible] 있는 곳 놀잇배가 느릿느릿 떠 있는 용흥강이 있[illegible]혹시 지금은 누가 살고 있을까? 기차 선로는 깔려 [illegible]?

[illegible]보다 막막한 압록강아.

[illegible]적인 그리움을 너는 아느냐.

[illegible]선악을 알게 하는

[illegible]열매가 있는 곳.

최금녀 1998년《문예운동》등단. 시집『바람에게 밥 사주고 싶다』『기둥들은 새가 되었다』등.

최[illegible]

[illegible]방이동 고분에서 휴대폰 걸기

ㅂ[illegible] 고분군에 가서 평지에 젖꼭지처럼
ᄉ[illegible]분을 둘러보다가
ㅇ[illegible]ᅦ 휴대폰 쏜다. 백제인이 웅얼거린다.
천[illegible]년의 시공을 뛰어넘은 전파가

질[illegible]고 별일 없다고 사랑한다고 전한다.
봉[illegible]로 잔잔히 깔리는,
이[illegible]도 몇억 광년 전 우주를 떠나온 빛,
허[illegible] 백제인이 말한다.

이[illegible] 눈을 붙일까 말까 하는데
잠[illegible] 천년이 가고
잠[illegible]에 다시 천년 후 인간이 왔다.
저[illegible]후의 햇살이

방이[illegible] 고분 입구를 들추고 들어가
왕지[illegible]울잠을 깨운다.

백제인의 어둑한 그림자가 화면에서.
봄맞이 준비하고 있으니 조금만 더 기다리시오.

최동호 1976년 첫 시집 『황사 바람』 발간 등단, 시집 『수원 남문 언덕』 『제왕나비』 『생이 빛나는 오늘』 등.

최

낙동강

쌓인 눈
에 녹아

또 흘러

봄에 안겨
생강나무 마음 놓고 꽃피운
리 즐거운
을 거쳐

에 유채꽃에 싸여

로 날아오른 노고지리
도 우는 벌판을 지나

찔레꽃 하얀 숲
울어대는

비라산 기슭을 구비 돌아

흐르고 또 흘러

비 내리는 매봉산
두견새 울음소리
벼랑에 핀
구절초 꽃잎
물결에 띄우고

바람 부는 칠백 리를
쉬지 않고 흘러
바다로 간다

흐르고 또 흘러

최성필 2015년 《포엠포엠》 등단. 시집 『다시 살고 싶은 날』 등.

최 백)

아름다운 나라

나라 이 땅에 살다 간다
운 나라 대한민국!
이다

봄마다 산이면 산, 들이면 들
곳곳 그 아름다움
다 감동이다

면 산과 들의 푸르름
족의 무궁함 같지 않은가

면 가을대로
곳 가을 산의 아름다움
않는 이 있을까

운 겨울 산
지 사이로 보이는 산등성

내게는 고향이 보인다
토끼처럼 함께 뛰고 놀던 내 어린 곳

이제 내 나이 70을 넘어 80으로 가는 길
발길 눈길 가는 곳곳
가꾸어진 아름다움 자연의 아름다움
감탄이다

나는 오늘도
내 나라 조국의 이 땅에 태어나 살다 감에
감사하며 오늘을 간다.

최영희(설백) 2004년 《시마을》 등단. 시집 『또 하나의 섬이 된다』 『나는, 바람과 함께 세상을 걸었다』 등.

최[illegible]초)

비둘기는 없다

당[illegible] 풍향계가 돌아간다
북[illegible]이 불어닥치는 섬은
지[illegible]으로 난감하다
밤[illegible]가리지 않고 도는 한기
비[illegible]는 없다

대[illegible] 해양 쪽으로
목[illegible] 폐허로
당[illegible]향을 종잡을 수 없는
기[illegible]원지

북상[illegible]남하하는
우리[illegible]선은 치열하다

때론[illegible]리아 빙판 같은
때론[illegible]우림 같은
골 [illegible]갯속으로 빠져들어

날개를 펼칠 수 없는 섬

바다의 표정을 살핀다
추우면 더 추운 곳으로 기울어지는 얼굴
우리의 대화방은 곧 사라진다

예측할 수 없는 바다
비둘기는 없다

최영희(지초) 2021년《계간문예》등단. 시집『멈춘 자리에 꽃이 핀다』등.

최[illegible]

귀신고래

[illegible]름은 귀신고래
[illegible] 해안에서 장생포로 이민을 왔지

[illegible] 등에 지고 펄럭이던 아버지의 깃발처럼

[illegible]다를 가르고 창공을 향해
[illegible] 때 살아 있었지

[illegible]에 가득한 푸른 바다의 기억은 아름다웠지
[illegible]
[illegible] 쌓여가는 바다
[illegible]틱에 둘둘 감겨 숨을 잃어가는 산호의 절규

[illegible]는 날과 살아갈 수 없는 날들은 나란하고

[illegible]다를 잃어버리고 바다는 내일을 잃어버리고

어둠으로 가득한 바다에서
그때의 내가
다시 돌아오는 꿈을 꾼다고
사람들은 말하지만

꿈은 꿈으로 사라지고

이제는 화석이 되어 돌아온
나의 조형물 앞에
말을 잃은 사람들이 줄을 서 있지

최진영 2019년 계간 《미네르바》 등단.

대변항 연가

[illegible]로 끌어올린 그물 사이로
[illegible]들이 튀어 올라 온통 은빛으로 반짝인다

[illegible] 터는 어부의 손은 바람을 타고
[illegible]약의 리듬을 맞추는 갈매기들의 축제다

[illegible]간으로 굴러 떨어지는 햇살 아래서
[illegible]란했던 기억은 부표처럼 떠다니며
[illegible]던 순간들을 삶과 죽음으로 증언하는

[illegible]사람 사이를 헤집고 오는 일처럼
[illegible]사람 사이를 헤집고 가는 일처럼
[illegible]문법은 오묘해

[illegible]구에서
[illegible]람과 돌아올 수 없는 사람에게서
[illegible]할을 맡아야 할까

〉

바닷바람이 높낮이를 바꾸며 기록하는 방식은
바다를 짊어지고 살아야 하는
만선의 붉고 푸른 깃발의 흔들림

해안선이 바뀌고 풍경이 바다를 끌어안을 때
비린내는 비릿함으로 번져 지탱을 한다

온몸이 싱싱한 바다로 끓기 시작한다

하두자 1998년 《심상》 등단. 시집 『물수제비 뜨는 호수』『프릴 원피스와 생쥐』 등.

갯벌의 시간

빠져나가면 뱀이 지나간 흔적이 있다

사람을 홀리는 뻘의 흘림체

따라 아낙들이 널배를 띄우며 나아간다

때가 있다고 물때마다 바다는 조언한다

는 사람과 사랑이 저쪽으로 밀물져 가고

는 수평선 너머의 모든 것이 이쪽을 향해 돌아
선다

떨어져 있어도 한 몸

였다가 슬쩍 풀려났을 뿐

누가 썰물과 밀물 앞에서 영원한 이별을 말하는가

아침의 바람이 저녁의 바람이 되어 나타나고

저녁의 구름이 아침의 구름 속에서 잠이 든다

우린 밤과 낮의 율법에 따라 아주 잠깐 이별과 재회를 경험할 뿐이다

보인다, 당신과 내가 겹쳐지는 곳곳마다 우리만 아는 갯벌이 펼쳐져 있다

하린 2008년 《시인세계》 등단. 시집 『야구공을 던지는 몇 가지 방식』 『서민생존헌장』 등.

청춘은 푸른 정류장

사랑했나?
묻는 말에
무 여렸다는
긴 속삭임
푸른 정류장
방탄한다

들 점령하려
킨

은 포말들이
를 만든다
구원의 무늬
는 흰 포옹

* 있는, 방탄소년단(BTS) 버스 정류장과 해변을 소재로 다뤘다. 강릉 8-55. 방탄소년단 음반에 실린 촬영 장소로 유명하다.

한분순 1970년 《서울신문》 시조 등단. 시집 『실내악을 위한 주제』 『손톱에 달이 뜬다』 등.

울에 기대어 그리움 띄울 때마다

밥 오르는 환상에서 깨어나지 못한 채
하 따라 저물어 간 어스름에 들면
단 번도 제자릴 떠난 적 없는 어깨띠 두른 섬들이 물
수저 파도가 그려 놓은 자신의 모습을 들여다본다

몸 기억 속에서 흔적조차 모호해진 그림자 좇아
이 세 모르는 낯선 항구에
나 이 닻을 내려 한 생을 건너온 푸른 꿈 펼쳐 들고
머무 싶었던
막 밤으로 숨어든 순간들이 어느새 출렁거린다

누 버리고 간 뱃고동 소리만 괜스레 텅 빈 목소리
로 일 은 분위기 메어 보려 애씌우지만
가 목마름 추슬러
다 떠오를 달 그림자 드리운 긴 기다림에서 벗어
날 수 는지

사라지지 않을 두려움 여윈다는 생각 씻어 낸 뒤엔
예나 지금이나 울어예는 바다 위를 날아가고 싶은 불꽃 같은 마음 북돋우려는 듯
일러준 대로 무너져 내린 가슴에 심지를 돋워
이루어지지 않은 소원들을 아우르려 할 테니

해질녘 섬그늘에 멋쩍은 듯 앉아
하늘과 맞닿은 수평선 끝 휘돌아 나간 옛 맹세와 언성 높여 맞닥뜨릴지라도
내 것 아닌 것들 속절없이 다독이다가
눈동자 하나씩 맞댄 섬들이 지르밟은 저녁노을 씁쓸히 걷어낼 동안에도
뭍으로 오르는 환상 속에 잠기고 있다

한성근 2018년《인간과문학》등단. 시집『발자국』『떨려 온 아침 속으로 냅떠 달리다』등.

섬

그 [illegible]가면
단[illegible]뿐인 누군가를 만날 것 같다
아[illegible]잔등 귓불 한 번 더듬어본 적 없고
더[illegible] 한 번 느껴 본 적 없지만

그 [illegible]가면
이 [illegible]늘하게 쓸어 줄
누군[illegible] 손길을 만날 것 같다

서로[illegible]고 볶는
짜디[illegible]덩숲
훌쩍[illegible]

그 섬[illegible]면
먹통[illegible]대폰 펑펑 터지듯
언제[illegible] 잘 되는
그 누[illegible] 만날 것 같다

한영숙 2004년 《문학 · 선》 등단. 시집 『푸른 눈』 『카멜이 바늘귀를 통과한 까닭』 등.

여자도 섬달천

[illegible]소라면 바다를 끼고 붕장어 연륙교를 건너
[illegible]으로 가는 굽은 해안도로는
[illegible]일 끝내고 모로 누운 어촌 여자 같다

[illegible]피' 옥상 천국의 계단 옆
[illegible]초승달에 기대어 먼바다를 바라보면
[illegible]의 황홀한 일몰이 금세 손에 잡힐 듯하다

[illegible]의 여자도에서는
[illegible] 꽁꽁 숨긴 붉은 심장 만월의 여자를 꺼내
[illegible] 나를 들여다볼 수 있다

[illegible]물에 사리가 된 생각들
[illegible] 극복하려 애쓰던 반짝임들
[illegible]버려 그리운 것들을 하나씩 호명하며
[illegible]는 육성으로 말해도 되리
[illegible]총량은 이미 다 채워졌을 것이다

〉

혼잣말을 정리하며 남은 시간
물고기 그림의 방파제를 온종일 걸어 봐도 좋겠다

아름다움은 바라보는 나의 눈 속에 있다

한이나 1994년 《현대시학》 발표로 활동 시작. 시집 『플로리안 카페에서 쓴 편지』 『물빛 식탁』 등.

허금

안덕계곡에서

어 는 어린 남매를 이끌고
앞 아득히 흔들리는 가파른 길을 지나
수 작은 일렁임조차
커 파문으로 번져가는
그 로운 수심을 보여 주었네
무 물을 수 없는 말을 던져 놓으며
지 리보다 더 무섭게 우리를 쓰러뜨리는
먹 하늘
젊 쁜 24인치 허리의 어머니
철 나보다 붉은 눈물의 꽃들이
고 수면을 점점이 떠다녔지
둔 고아원에서 놀고 있는 아이들처럼
그 우리 영영 버림받을 것 같아
힘 어버린 날이 있었네

태 나뭇가지를 사납게 부러뜨리고 지나간 뒤
엄 을 고사리 같은 손으로 흔들며 걸었던

가파른 언덕길 위에서
정녕 기억의 손을 놓아 버린 무성한 상처의 엄마를 향해
엄마에게 무슨 일이 일어났는지 알지 못한 체
아직도 나는 기다리고 싶었네

허금주 1993년 《심상》 등단. 시집 『저문 길은 나에게로 뻗어있다』 『비자림에 가고 싶다』 등.

허영[illegible]

한 물음

— 독도獨島

이[illegible]藤] 씨
정[illegible] 당신에게 묻는
한[illegible]이 있소

우[illegible]라 땅 독도獨島를
다[illegible]마[竹島]라고 부르면
독[illegible] 일본 땅이 되나요?

맑[illegible] 아스라이
부[illegible]에서 바라다보이는 츠시마지마[對馬島]를
우[illegible] 대마도라고 부르지만
그[illegible] 우리나라 땅이라고 하지 않아요

우[illegible]라 유명한 고전소설
『[illegible]전』의 홍길동이 세운 나라 율도국栗島國
그[illegible]국이 오키나와지마[沖繩島]를 가리키는 걸 알지만
그[illegible] 우리나라 땅 아닌 걸 또한 알아요

〉

친절한 이토 씨
예의 바른 당신에게 묻는
한 물음이 있소

우리나라 땅 독도를
리앙쿠르 록Liancourt Rocks이라고 부르면
독도가 서양 땅이 되나요?

허영자 1962년 《현대문학》 등단. 시집 『기타를 치는 집시의 노래』 『마리아 막달라』 『투명에 대하여』 등.

소라게

가 황망히 떠나간 그해 3월, 그는 텐트를 챙겨 집

을 다. 그녀와 함께 갔던 바닷가 외진 곳에 짐을 풀

었

봄바다를 좋아했다. 왜냐 물으면, '봄바다' 하

고 봐. 혀 끝에서 맴도는 느낌이 꼭 저 윤슬 같아.

파도처럼 몰아치는 기억들.

절벽 끝에 서서 몇 개의 여름과 몇 개의 가을 몇

개 울을 섞어 하나의 봄을 그렸다 소라게 옆에서 꽃

들 지도 못하고 벌게진 눈으로 웃고 있었다.

허 18년 《시작》 등단. 시집 『그리움의 총량』, 전자 소시집 『슬픔

은 는다』 등.

허형만

섬

바다란 걸 모르고 자랐던 사내
목포라는 남녘 항구로 가
살림을 차리고 아이를 키우며
파도 소리에 몸살을 앓더니
가슴에 섬 하나 앉힌 거라
그 섬은 무인도
해와 달과 바람이 나무를 키우는 섬
저녁이면 별들이 통통 튀는 섬
때때로 슬픔이 해일처럼 밀려들면
남몰래 그 섬으로 가서
목놓아 울음 토하는 사내
가슴에 섬 하나 간직한 사내

허형만 1973년 《월간문학》 등단. 시집 『황홀』 『바람칼』 『만났다』 등.

홍시

대왕암 학술조사보고서

좋은 한 번도
본 적 없는 바위임

태풍 올지라도
이지 않았음

기에게 내준 둥지는
지 지켰음

게 인고의 시간 견뎌
에 이르렀음

2007년 《시와시학》 등단. 시집 『내년에 사는 법』 『고마운 아침』
지나며』 『샹그릴라를 찾아서』 등.

홍성란

남계서원에서

가난한 누이 지붕에 제 기와를 이어 주던 경학에 밝고 행실 반듯한[經明行修] 선비 정여창
주어도 받지 못한 연산燕山의 스승이 되었으니

세자시강원설서世子侍講院設書 아니 받음만 못하여 융융融融한 가문家門은 내내 알지 못하였으리
유배도 가리지 못한 담론談論이며 문향文香

종성 땅 떠나와 함양에 누웠으나 부관참시剖棺斬屍 웬 일이며 복관復官이라, 우습다
죽이고 살리는 이 시네마, '인간人間'이라는 이 시네마

수련이며 솔숲 어우러진 옛집에서 남계藍溪 물줄기 은은히 그런 줄만 알았더니

댓돌 위 하얀 고무신이 아리다, 괜하다

1989년 《중앙일보》 중앙시조백일장 장원 등단. 시집 『황진이 별곡』 등.

홍신선

봄산에 들면

봄산에 들면 뭇 나무들이
제 몸 안에 지옥을 묻고 산다고 생각한다.
삼십 년 차 왕벚나무들이 눈보라 삼아 자욱하게
낙화들을 허공에 뿌렸는데
어디선가 이렇게 가서 서운합디다. 막상 떠나고 나니
눈물이 나요
긴 세월 병마에 삭은 누군가의 울음이
내 귓속을 울리는데
어찌 비명이나 절규를 인간만이 내지르겠는가
이 나무 저 나무들이 그리고 봄산이 여기 허공에
저리 소리 없는 고함을
저도 모르게 터져 나오는 신음들을 쏟고 있는데
오늘 이들을 목격하며
나는 지옥이
천지 자연의 저 뭇 물상物象들 안
깊은 곳에 분명 묻혔을 거라 믿는다.

: 1965년 《시문학》 등단. 시집 『서벽당집』 『겨울섬』 『우리 이웃 사
등.

'한[illegible]도약 - 우리 땅과 시의 영토'
한국[illegible] 신작시 122편

우[illegible] 나의 노래

1쇄[illegible] | 2024년 07월 30일

지[illegible]수복 외 (사)한국시인협회
펴[illegible]화숙
펴[illegible]미

출[illegible] 제313 - 2001 - 61호 1992. 2. 18
주[illegible]75) 서울시 마포구 마포대로 12, B-103호(마포동, 한신빌딩)
전[illegible]704 - 2546
팩[illegible]714 - 2365
E-[illegible]ly12140@hanmail.net

IS[illegible]9 - 11 - 90168 - 86 - 1 03810

값[illegible]원

*[illegible]한국문학예술저작권협회의 2023 미분배보상금공모사업에
[illegible]의 도약 - 우리 땅과 시의 영토' 라는 주제로 선정돼 발간한 시집입니다.